民國文化與文學研究文叢

十七編

李 怡 主編

第1冊

思想東北 文學東亞
—— 1931～1945 年東北文學研究（上）

劉 曉 麗 著

國家圖書館出版品預行編目資料

思想東北 文學東亞——1931～1945年東北文學研究（上）
／劉曉麗 著 -- 初版 -- 新北市：花木蘭文化事業有限公司，
2024〔民113〕
目 4+122 面；19×26 公分
（民國文化與文學研究文叢 十七編；第 1 冊）
ISBN 978-626-344-841-4（精裝）
1.CST：現代文學 2.CST：殖民主義 3.CST：東亞
820.9   113009388

特邀編委（以姓氏筆畫為序）：

丁 帆	王德威	宋如珊
岩佐昌暲	奚 密	張中良
張堂錡	張福貴	須文蔚
馮 鐵	劉秀美	

ISBN-978-626-344-841-4

9 786263 448414

民國文化與文學研究文叢
十七編 第一冊   ISBN：978-626-344-841-4

思想東北 文學東亞
── 1931～1945 年東北文學研究（上）

作　　者　劉曉麗
主　　編　李 怡
企　　劃　四川大學中國詩歌研究院
總 編 輯　杜潔祥
副總編輯　楊嘉樂
編輯主任　許郁翎
編　　輯　潘玟靜、蔡正宣　美術編輯　陳逸婷
出　　版　花木蘭文化事業有限公司
發 行 人　高小娟
聯絡地址　235 新北市中和區中安街七二號十三樓
　　　　　電話：02-2923-1455 ／傳真：02-2923-1452
網　　址　http://www.huamulan.tw 信箱 service@huamulans.com
印　　刷　普羅文化出版廣告事業
初　　版　2024 年 9 月
定　　價　十七編 11 冊（精裝）台幣 28,000 元

思想東北 文學東亞
—— 1931～1945 年東北文學研究（上）

劉曉麗 著

作者簡介

劉曉麗，博士，華東師範大學中文系教授。主要致力於「東亞殖民主義與文學」「中國現代文學」「東北文學」研究，研究專著有《異態時空中的精神世界——偽滿洲國文學研究》《偽滿洲國文學與文學雜誌》《國土淪陷　文人何為》（韓語）《思想東北　文學東亞》等，海內外發表論文百餘篇，編著有《中國現代文學期刊目錄新編》《偽滿洲國文學研究資料彙編》《偽滿洲國老作家書簡》《偽滿洲國的文學雜誌》《創傷——東亞殖民主義與文學》等，主編「偽滿時期文學資料整理與研究叢書」34 卷。

提　　要

　　本書重啟東北文學概念，考察九一八事變後東北文學的流變，藉此以中國東北為思想，重繪東北文學認知地圖，重新理解中國現代文學、東亞文學中的某些問題。書稿由三部分構成，試圖解決三個問題。首先，解構東亞殖民主義時代在東北出現的知識話語。政治上以「新滿洲」為核心，文學上以「滿洲文學」為核心，清理殖民統治時代「新滿洲」「滿洲文學」話語體系，透視其修辭來源，揭示其背後的帝國主義邏輯。其次，考察東亞殖民主義與文化抗爭多樣性問題。專注描述東亞殖民主義時代東北在地文學是如何應對日本的入侵與殖民，產生何種文學，提出反殖文學、抗日文學、解殖文學的文學分析框架，展示抵抗文學的多種樣態。最後，構建東亞殖民主義文學理論，解釋中國現代文學及東亞文學中的某些問題。面對現有的殖民／後殖民主義文化理論，本書提出東亞殖民主義文學理論，並以該理論解讀東亞殖民主義時代的文學作品，構建東亞殖民主義、解殖文學、弱危美學等理論概念，解決殖民文化研究中的一般問題或基本問題，重新解釋文化殖民現象。由東北出發，建構東亞殖民主義文學闡釋理論。

本項研究得到以下兩個項目資助，特此感謝！

中華人民共和國國家社會科學基金項目
【12BZW119】

The Core University Program for Korean Studies
of the Ministry of Education of the Republic of
Korea and the Korean Studies Promotion Service
at the Academy of Korean Studies
【AKS-2022-OLU-2250001】

答范玲問：「文史對話」的文學立場
——《民國文化與文學研究文叢‧十七編》代序

李 怡

一、「文史對話」的歷史來源

范玲（以下簡稱「范」）：李老師您好，八年前您曾以「文史對話」替換「文化研究」這一概念，並用以指涉新時期以來中國現當代文學研究界逐漸興起的某種研究趨向。〔註1〕我注意到，您在當時的討論中傾向於將「歷史」「文化」視為一個詞組而並未對二者作出明確的區分。請問這樣一種處理是否有特別的原因？

李怡：（以下簡稱「李」）：從 1980 年代到 1990 年代，一直到新世紀的今天，文學研究實質上一直在試圖走出「純文學」的視野，希望在更廣大的社會文化領域開闢新的可能性。但與此同時，中國之外的西方文學世界也正在發生一個重大的變化，也就是我們今天看到的所謂「文化研究」的興起。這一研究趨向也在這個時候開始逐漸在我們的學術領域裏產生重要的影響，不僅文學研究界，歷史學界也在發生著重要的變化。

文學界的變化就是越來越強調從歷史文獻中尋覓文學的意義解讀，而不是對文學理論的某種依賴。這裡的歷史文獻包括文字形態的，當時也包括對文學發生發展背後的一系列社會史事實的瞭解和梳理。

在歷史學界，就是所謂後現代歷史觀的出現，以及微觀史學這樣一個方法

〔註1〕參見李怡：《文史對話與中國現當代文學研究》，《中國社會科學》2016 年第 3 期。

的出現，它們都在很大程度上改變了我們過去習慣的那套思維方式——不再局限於將歷史認知僅僅依靠於一系列的「客觀的」歷史事實，如文學這樣充滿主觀色彩的文獻也可以成為歷史的佐證，或者說將主觀性的文學與貌似客觀的歷史材料一併處理，某種意義上，歷史研究也在向著我們的文學研究靠近。

這個時候，整個文學思維和文學研究的方法也開始面臨一個特別複雜的境況。正是在這樣的背景下，當我們需要探討從 1980 年代中期的「方法熱」到 1990 年代再至新世紀，這一二十年圍繞文學和社會歷史這一方向所發生的改變，就不得不變得特別謹慎和小心。所以你說我八年前在使用這些相關概念時，顯得特別謹慎，我想原因就在於，當時無論是用「文史對話」來替代「文化研究」，還是在不同的意義上暗含著對「歷史」「文化」的不同的理解，都包含了我對這樣一個複雜的文學研究狀態的一個更細緻的理解。

范：那麼在這樣一種複雜的背景下，我們應該如何更好地理解和界定「文史對話」這一概念呢？能否談談用這一概念替換「文化研究」的原因還有這種替換的有效性？

李：實質上，在《文史對話與中國現當代文學研究》這篇文章裏，我涉及到了好幾個概念。所謂 1980 年代中後期的學術方法，我其實更傾向於認為它既不是今天的「文史對話」，也不是我們 1990 年代所說的「文化研究」，我把它稱為「文化視角」的研究。什麼是「文化視角」的研究呢？就是從不同的文化角度解釋文學現象，這是和 1980 年代初期到中期的方法論探討聯繫在一起的。而這個方法論，它本質上是為了突破新中國建國後很多年間構成我們文學研究的一個最主要的統治性的研究方法，也就是所謂的社會歷史研究。

當然，我們曾經從社會歷史的角度來研究、解釋文學，這是沒有問題的，但在那個特殊的年代，這幾乎被作為我們解釋文學的唯一方法，一種壓倒性的，甚至是和政治正確緊密聯繫在一起的方法。而 1980 年代初期和中期開始的方法論更新，則意味著我們開始可以從不同的角度認知文學，解釋文學。一個評論家擁有了解釋的權利，而且能夠通過這樣的解釋發現文學更豐富的內涵，那麼所謂從社會歷史或者社會文化的角度來解釋文學，那就只是其中的一個方法，而且在當時就出現了比如從不同的文化方向解釋文學發生、發展規律的一些重要嘗試。

著名的「二十世紀中國文學」概念中專門就有一部分是談「文化視角」的。他們仍然認為「二十世紀中國文學」中一個非常重要且不能被取代的角度，就

是從文化角度研究、分析並解釋我們中國文學的發展問題。所以那個時候，這個所謂的「文化視角」研究是非常重要的一個思路。隨著 1980 年代後期，比如尋根文學思潮的出現，文化問題再一次成為了我們學界關注的一個重心。那個時候，是所謂「文化熱」。這個「文化視角」實際上是伴隨著人們那時對整個文化問題的興趣而出現的，這是 1980 年代。

范：也就是說，我們其實是需要回到學術史發展的整體脈絡當中去重新梳理其中變化的軌跡，才能夠更好地理解和把握「文史對話」這一概念的，對嗎？

李：對的。事實上，到了 1990 年代中期，情況就發生了一個變化。這裡面有一個標誌性的事件，那就是 1994 年汪暉與美國加州大學洛杉磯分校的李歐梵教授在《讀書》雜誌上發表的系列對話。他們從西方學術史的角度出發，追問什麼是「文化研究」，「文化研究」與地區研究的關係等問題。這個在學術史上被看作新一輪「文化研究」的重要開端。值得注意的是，像汪暉、李歐梵所介紹和追問的「文化研究」，其實不同於我剛才說的中國學者在 1980 年代借助某些文化觀點分析文學的這樣一種研究方法。

英國學者雷蒙‧威廉斯和霍加特的「文化研究」是對歷史文化本身的各種文化元素的研究，而不再是我們討論文學意義時的簡單背景。1980 年代，我們強調通過社會歷史文化背景來進一步解釋文學產生過程的基礎問題，但是在「文化研究」裏，這些所謂的社會歷史文化元素，不再是背景，他們本身就成為了研究考察的對象。或者說，那種以文學文本為研究中心，而其他社會歷史文化都作為理解文本意義的這樣一個模式，是被超越了，突破了。整個社會文化被視作一個大的「文本」。

范：那這樣一種「文化研究」的範式是怎樣逐步被中國文學研究界接納並最終獲得較為廣泛的發展和影響力的呢？

李：其實在 1990 年代首先意識到這種重大變化的並不是我們的現當代文學研究界，而是文藝學研究界。那時可以說是廣泛地介紹和評述了這個所謂的「文化研究」。1990 年代中期以後，一大批學者成為了「文化研究」的介紹者、評述者，包括像是李陀、羅崗、劉象愚、陶東風、金元浦、戴錦華、王岳川、陳曉明、王曉明、南帆、王德勝、孟繁華、趙勇等基本都是以文藝理論見長的學者。他們的意見和介紹，在某種意義上，是將正在興起的「文化研究」視為了超越中國文藝學學科自身缺陷的一個努力的方向。

　　這種來自文藝學界的對「文化研究」的重視，發展至 1990 年代後期已相當有聲勢，並且開始對中國現當代文學研究界造成衝擊和影響。一些中國現當代文學研究界的學者也開始提出文學的「歷史化」問題，正是在這個時候，新歷史主義的歷史闡釋學和福柯的知識考古學被較多地引入到了中國現當代文學研究界。洪子誠老師的《中國當代文學史》被公認為中國當代文學學術化與知識化研究的開創之作。這本書的一個基本觀點可以說改變了中國當代文學研究的格局，那就是：「本書的著重點不是對這些現象的評判，即不是將創作和文學問題從特定的歷史情境中抽取出來，按照編寫者所信奉的價值尺度（政治的、倫理的、審美的）做出臧否，而是努力將問題『放回』到『歷史情境』中去審察。」〔註 2〕

　　范：中國當代文學研究格局變化了以後，是否也對中國現代文學研究產生了直接的影響呢？

　　李：如果我們對百年來中國文學研究的變化作一個更細緻的區分的話，我覺得中國現代文學研究和中國當代文學研究的內部可能還存在一些差異。當代文學研究是最早提出「歷史化」這個問題的，這與當代文學這個學科一開始就存在爭議有關。1980 年代，人們其實仍然在討論當代文學應不應該寫史的問題，到了 1990 年代後期，當代文學研究界便提出了「歷史化」的問題。這其實就讓當代文學是否應該寫「史」成為了過去，而這個「史」從什麼時候開始，怎樣才能寫「史」，就是重新再「歷史化」的一個過程。這是對文學背後所存在的巨大的歷史現象加以深刻的、整體關注和解讀的結果。

　　那麼現代文學呢，它的反應沒有當代文學那麼急切。但是，可以說從 1990 年代後期到新世紀開始，現代文學研究界同樣也提出了在不同社會文化背景中進一步深挖現代文學的歷史性質種種可能性。包括我自己在內的一些學者對「民國文學」的重視。「民國文學」作為文學史的概念最早是張福貴教授完整論述的，後來又有張中良老師，丁帆老師等等，我們所探索的民國文學史的研究方法，其實都是和這個歷史事實的追尋聯繫在一起的。

　　范：感覺這種「歷史化」的訴求以及對歷史材料的關注發展到今天似乎已經非常廣泛而深入地嵌入進了中國現代文學和當代文學研究的內部。在您看來，這種研究趨向的興盛依託的核心動力是什麼呢？它和 20 世紀 90 年代以來愈發強烈的「回到歷史現場」的訴求是怎樣一種關係？

〔註 2〕洪子誠：《中國當代文學史》，北京大學出版社，1999 年，第 5 頁。

李：所有這些變化背後最重要的動力，我覺得還是尋找真相。其實文學研究歸根結底就是為了尋找真相。過去為什麼我們覺得真相被掩蓋了，是因為我們很多所謂的研究方法和理論，最後在成熟的過程當中，越來越成為凌駕於文學作品之上的一個固定不變的原則，甚至在一段時間裏邊兒，這種原則與政治正確還聯繫在一起，這裡面當然充滿了人們對「方法」和「理論」的誤解。

所謂「回到歷史現場」，其實是這個大的文化潮流當中的一個具體的組成部分。「歷史化」是當代文學經常願意使用的一個概念，而現代文學呢，則更願意使用「回到歷史現場」的表述。所謂「回到歷史現場」，意思就是說，我們過去的很多解釋是脫離開歷史現場，從概念或者某種理論的方法出發得出的結論。那麼，「回到歷史現場」重要的其實就是破除這些已經固定化的方法對我們的思維構成的影響，重新通過對具體現象的梳理，來揭示我們應該看到的真相。當然這裡邊兒有很多東西可以進一步追問，比如「現場」是不是只有一個？回到這個「現場」是否就是一次性的？……其實只要有方法和外在理論束縛著我們，我們就需要不斷回到歷史現場。歸根結底，這就是我們發揮研究者自身的主體性，用自己的眼光，自己的心靈來感受這個世界的一個強大的理由。

二、「文」與「史」的相異與相通

范：您此前曾談到，「文史不分家」本就是「中華學術的固有傳統」，史學家王東傑教授也曾撰寫《由文入史：從繆鉞先生的學術看文辭修養對現代史學研究的「支持」作用》一文，對中國「文史結合」的學術傳統進行了重申與強調。〔註3〕而新文化史研究興起以後，輕視文學資料的成見亦逐漸在史學界得到改變，不僅文學作品、視覺形象等被發掘為了史料，甚至一些歷史學者亦開始嘗試文學研究的相關課題。請問史學界的這一研究轉向與前面討論的文學研究界的變化是否基於同一歷史背景？兩者的側重點是否有所不同？它們的核心區別在何處？

李：今天文學研究在強調還原歷史，回到歷史情境，並希望通過歷史和文化來解讀文學的現象。同樣的，歷史研究也在尋求突破，也在向文學靠近。特別是在後現代歷史觀的影響下，歷史研究已經從過去的比較抽象、宏大的歷史

〔註3〕參見王東傑：《由文入史：從繆鉞先生的學術看文辭修養對現代史學研究的「支持」作用》，《四川大學學報（哲學社會科學版）》2014年第6期。

敘述轉向微觀史、個人生活史、日常生活史的敘述，而並不僅僅局限於對客觀歷史文獻的重視，當前人的精神生活也被納入進了歷史分析的對象當中。那麼這個時候，歷史研究和文學研究是不是就成了一回事呢？兩者是否最終就交織在一起，不分彼此了呢？

這就涉及到歷史學的「文史對話」和文學的「文史對話」之間微妙的差異問題。在我看來，今天我們強調學科的交叉和融合，固然是一個值得注意的傾向，但是在交叉、融合之後，最終催生的應該是學科內部的進一步演變和發展，而不是所有學科不分彼此，都打通連成了一片。當然，交叉、融合本身可能是推動學科進一步自我深化的一個重要過程或路徑，這就相當於《三國演義》裏面，我們都很熟悉的那句話——「天下大勢，分久必合，合久必分」。我們因為某種思維的發展，需要有合的一面，需要有學科打破界限，相互聯繫的一面；但是，另外一個歷史時期，我們也有因為那種聯合，彼此之間獲得了啟示，又進一步各自深化，出現新一輪的個性化發展的一面，我覺得這兩種趨勢都是存在的。

在這個意義上，我們回頭來看其實會發現，歷史學的「文史對話」實質還是通過調用文學材料，或者說是人主觀精神世界的一些感受來補充純粹史學材料的不足，或者說通過對人的精神現象、情感現象的關注，來達到他重新感受歷史的這樣一個目的。他最終指向的還是歷史。眾所周知，歷史學家陳寅恪是「文史互證」的著名的提出者，在前人錢謙益治學方法的基礎上，陳寅恪先生要做的就是用文學作品來補充古代歷史文獻的欠缺，唐代文獻不足，但是先生卻能夠從接近唐代的宋、金、元的鶯鶯故事中尋覓重要的歷史信息：崔鶯鶯的出生門第，唐代古文運動與元白的關係等等，這是「以文證史」。而文學研究中的「文史對話」走的路徑則正相反，它是通過重塑歷史材料來重建我們對歷史的感覺，重建研究者對歷史的感受，通過重新進入文學背後的歷史空間，我們獲得了再一次感受和體驗文學所要描述的那個世界的重要機會，從中也真正理解了作家的用意與精神狀態。換句話說，他最根本的目標還是指向文學感受的，是「以史證文」。一個是重建「歷史」，一個是重建「文學」，這就是史學的「文史對話」和文學的「文史對話」之間很微妙但又很重要的一個差異。當然，今天由於這兩個學科都在向著對方跨出了一步，所以往往在很多表述方式上，你可以看到他們有一些相通之處，我們彼此之間也可以展開更密切的相互對話。

范:我記得英國歷史學家托馬斯·麥考萊（Thomas Macaulay）曾說,「歷史學,是詩歌和哲學的混合物」〔註4〕;而錢鍾書在《管錐篇》中也有提到:「史家追敘真人真事,每須遙體人情,懸想事勢,設事局中,潛心腔內,忖之度之,以揣以摩,庶幾入情合理,蓋與小說、院本之臆造人物、虛構境地,不盡同而可相通。」〔註5〕他們好像都正好談到了歷史學與文學的某種相通之處,您認同他們的看法嗎?

李:無論是歷史學家托馬斯·麥考萊,還是中國的文學作家、學者錢鍾書,的確都道出了「文學」和「歷史」的相通之處。「歷史」更注意科學和理性,但它也關乎「人」。所以我們可以說它是「詩歌和哲學的混合物」,「詩歌」這個詞就強調了它的主觀性,「哲學」則強調了它理性思考的層面。我想,「文學」和「歷史」最根本的相通還是它們都是對「人」的描述,歷史描繪的中心是人,文學表達的情感中心也是人,所以它們能夠相互連接,相互借鑒,或者說「文學」和「歷史」能夠相互對話。

不過,就像我前面所說的,這兩者的表現形式有很多相通之處,但目的不同。「文史對話」的歷史研究根本上是為了解釋歷史,為了對歷史本身進行描述,而文學的「文史對話」則是要重建我們的心靈。這背後的不同是文學學科和歷史學科的不同。歷史學科歸根結底還是重視一種理性的概括,而文學學科更重視的則是對鮮活生命感受的完整呈現。

三、回到「文學」的「文史對話」

范:從您的表述中我好像能比較明顯地感受到您對於文學研究「自身的根基」問題似乎有著愈加強烈的憂慮感受。在八年前的那篇文章裏,您已在討論「文史對話」的相關議題時談到,史學家「以文學現象來論證歷史」與文學研究者「借助歷史理解文學」其實有很大不同,並強調「跨出文學的邊界,最終是為了回到文學之內」。〔註6〕而在去年發表的《在歷史中發現「文學性」》中,您則更進一步地指出,「我們必須回應來自文化研究和歷史研究的『覆蓋式』衝擊」,重提「文學性」的問題,以避免「文學研究基本自信和價值獨立性的

〔註4〕參見易蘭:《西方史學通史》第5卷,復旦大學出版社,2011年,第68頁。
〔註5〕錢鍾書:《管錐編》第1冊,中華書局,1979年,第166頁。
〔註6〕參見李怡:《文史對話與中國現當代文學研究》,《中國社會科學》2016年第3期。

動搖」。〔註7〕既然您如此在意「文」與「史」的邊界問題，為何仍會提出「文史對話」這樣一個概念並著力加以強調呢？

李：事實上，我之所以要強調「文史對話」，正是想提出一個更大的可能性以及今天我們的中國現當代文學研究如何獲得自身獨立品格的這樣一個問題。因為無論是 1980 年代的「文化視角」，還是 1990 年代從文藝學學科裏面生發出來的「文化研究」，我覺得都是呈現了來自國外學科發展的一個趨勢，它並不能夠代替我們中國現當代文學對自身文學現象的理解。固然我們可以把很多精力花到文學背後更大的歷史當中去，並且這大概在今天已經成為一個不可逆轉的趨勢。我們看到很多高校的研究生在他們的學位論文裏面，我們甚至看到高校的這些研究生的導師們，這些知名的學者，在他們近幾年的文章裏面，越來越傾向於淡化文學研究，強化文學背後的歷史研究、文化研究的份量。我想，越是在這個時候，新的問題也應該引起我們更自覺的思考——那就是隨著我們越來越重視對歷史和文化的研究，文學研究還有沒有自身獨立性的問題。

正是在這個意義上，我所謂的「文史對話」其實指的是一個更寬泛意義上的認知「文學」的努力，一種與文學學科、歷史學科相互借鑒的方法。我傾向於把它視為一個大的概念，在這個大的概念裏邊兒，1980 年代的「文化視角」，1990 年代的「文化研究」和我們「以史證文」式的文學研究應該是不同的趨勢和路徑。

范：能否請您再詳細談談促使這樣一種學科危機意識在當前變得愈發顯明的原因？

李：其實我們在今天之所以會重新提出「文史對話」的起源及其歷史作用等問題，都是基於對當下學術發展態勢的一個觀察。1990 年代以後，「文學」和「歷史」的這種對話便逐漸構成了我們今天不可改變的一個大的歷史趨勢，其中一個特別引人注目的現象就是越來越多的文學研究者開始介入文學背後歷史現象的討論，而逐漸脫離開了文學研究本身。一個文學的批評者幾乎變成了一個歷史的敘述者，越來越多的文學研究主題演變為了歷史故事的主題。這已經成為我們今天學術研究裏邊兒最值得注意的一個傾向，包括一些研究生的碩士論文，也包括我們經常看到的發表在報刊雜誌上的一些文學研究的論文都是如此，以至於前些年就有學者發出了這樣的憂慮，那就是文學研究本身

〔註7〕參見李怡：《在歷史中發現「文學性」》，《學術月刊》2023 年第 5 期。

還有沒有它的獨立性？這裡面一個很深刻的問題是，如果文學研究因為走上了「文史對話」的道路就逐漸的與歷史研究混同在一塊兒，或者文學研究已經主要在回答歷史的一些話題，那麼我們的文學研究還有什麼可做的呢？又何必還需要我們「文學」這樣的學科呢？

而且，更重要的是，一個文學研究者的起點，歸根結底其實還是我們對人的精神現象的一種感受。當我們僅僅從這種感受出發，試圖對更豐富的歷史事實做出解釋的時候，這裡是否已經就暴露出了一種先天性的缺陷？例如我們不妨嚴格地反問一下自己：文學研究是否真的能夠替代歷史研究？如果我們的文學批評、文學研究在內容上其實已經在回答越來越多的歷史學的問題，那麼我們就不能不有所反省，這樣以個人感受為基礎的歷史描述是否已經包含了更多的歷史文獻，是否就符合歷史考察的基本邏輯？如果我們缺乏這樣的學術自覺，那就很可能暗含了一系列的學術上的隱患，這其實就是文學所不能承受的「歷史之重」。

今天，我們重提「文史對話」的意義，重新檢討它的來龍去脈，我覺得一個非常重要的傾向，就是通過對學術史的重新梳理來正本清源。我們要進一步地反思我們文學研究自身的目標是什麼。我們和歷史研究可以相互借鑒，在很大意義上，我們在方法、思維上都可以互相借鑒，取長補短，但是我們最終有沒有自己要解決的問題？

范：那文學研究最終需要自己解決的問題在您看來應該是什麼呢？

李：我覺得這個問題是很明確的，那就是解決「人」的精神問題，解決「人」心靈發展的問題，這是一個非常重要的方向。「文史對話」對於「文學」而言應該是關於心靈走向的對話，對於「歷史」而言可能就是關於歷史進程的對話。儘管「心」與「物」或者說「詩」與「史」之間常常互相交織、溝通，但歸根結底，「文史對話」對我們文學研究而言，是為了保持文學研究本身的彈性與活力。有的人就是因為我們過去的學術研究日益走向僵化、固定化，因此提出了文學走出自身，走向歷史的這樣一個過程。但是我想要強調的是，即便我們再頻繁地遠離開了我們的文學，但只要還是文學研究，便最終仍會折回到我們的起點，這也是文學研究所謂的「不忘初心」。

我最近為什麼會提出一個「流動的文學性」概念，也是因為，我們不斷地突破「文」，最後卻遺忘了「文學性」，或者根本的就拋棄了「文學性」。這裡邊兒一個可擔憂的地方在於，我們再也找不到我們文學的研究了。我們離開了

文學研究，是否就真的成為了一個歷史學者或者思想史的學者？我覺得事實上也不是那麼簡單。一個真正的歷史學者和思想史的學者，他有他的學科規範，有他的學科基礎、目標和範式，如果我們在歷史學界或者思想史學界對我們來自文學界的學術成果進行一番調研的話，你可能會發現我們很多所謂離開文學的「文史對話」也未必獲得了歷史學界或者思想學界的完全認可。他們同樣會覺得我們不夠規範，或者認為中間存在很多的問題。

這其實就是啟發我們，一個真正的文學研究者即便離開文學，在文學之外去尋找靈感，尋找問題的解答思路，但我們最終都不要忘了，我們是為了解決或者解釋文學的某些獨特現象，才暫時離開了文學。這樣的話，我們的文學研究實際上就是不斷地在其他學科的發展當中汲取靈感，一次次地汲取靈感，並使我們一次次地呈現出不同的文學景觀。隨著我們學術研究的不斷發展，我們獲得的不同文學景觀就呈現為一種流動性，這就是我說的「流動的文學性」。文學性在流動，但是它還是有文學性，並不等於歷史研究，也不等於思想史考察，當然也不是純粹的社會文化問題的研究。我們還是為了研究文學的問題，而不是社會文化問題，這就是這兩者之間的邊界和差異。

范：確實，若無法在「文史對話」的過程中恰當處理「文」與「史」的邊界問題，甚而直接將歷史學或思想史問題的解決視為了文學研究的至高追求，這對於以「感受」為基點的「文學」而言不僅難以承受，還將使文學研究自身的根基變得愈加脆弱。不過，時至今日不論是在文學研究界，還是在歷史研究界，亦出現了許多「文史對話」的有益成果。請問在您看來，有哪些代表性的研究成果能夠作為某種示例供以參照？「文史對話」這一漸趨成熟的研究方法於當前的文學史研究而言還存在哪些尚待發掘的意義與可能性呢？

李：要我對學科發展的未來做詳細的預測，我覺得這是很難的，因為既然是「流動的文學性」，一切都在不同研究者個體的體驗當中，個體體驗越豐富，就越是多元化的、百花齊放的景象。惟其如此，我們的文學研究才能突破固有的、僵死的邊界，走出一個更為廣闊的未來。不過在這裡呢，我很願意推薦我很尊敬的，中國社會科學院文學研究所的研究員劉納老師在 1990 年代後期出版的一本代表作──《嬗變──辛亥革命時期至五四時期的中國文學》。

這本書寫的是晚清到五四前夕這段時期中國文學演變的基本事實，其中最重要的一個特點是，這部分文學史是長期被人忽略的，包括大量的歷史材料都是我們不熟悉的，但劉納老師非常嫻熟地穿梭在這些歷史文獻當中，並清理

出了中國文學被遺忘的這一段歷史景觀。與此同時，她整個的著作不是為了重塑純粹客觀的社會歷史，而是在社會歷史的豐富景觀當中呈現了人的心靈史、精神史。所以這本書看似有很多歷史材料，但又保持了一個基本的文學的品格。而且這本著作整體上有一個從歷史材料到最後的精神現象不斷昇華的過程。尤其寫到最後一章的時候，就從更為廣泛的歷史材料的梳理當中，得出了非常深刻的關於人的精神現象以及文學發展特徵的一些結論。可以說，這就完成了從歷史文獻向著人的心靈世界觀察的一種昇華和發展。

我給歷屆的學生其實都推薦了這本書，我覺得這裡邊兒充分體現了一個優秀的中國現代文學研究者如何在歷史文獻和文學感受之間完成這種自如的穿梭，然後把心靈感受的能力，文學解讀的能力和掌握分析解剖豐富材料的能力，很好地結合起來。所以，說到「文史對話」的代表作，我仍然願意提到這本書。

目次

導言　以東北文學為思想

一

　　1941 年 11 月,《新滿洲》雜誌刊出了一篇短篇小說《紅頭髮的蓮克》〔註1〕,作者是被時人稱為「滿洲國第一俄羅斯詩人」的「俄系」作家阿爾魔尼·聶斯迷羅夫(1892~1945),小說講述了一個東亞遊走的故事。俄羅斯妓女蓮克和詩人列瓦多夫在流亡途中相遇同行,東亞地理——城市、原始森林,俄羅斯、朝鮮和中國東北,各色人物——俄羅斯妓女、詩人、中國商人、朝鮮農民、中國哨兵等等,還有一隻叉開腿站著的黑癩蛤蟆,紛紛擁擠在這篇小說中,魔法般地呈現出 20 世紀前半葉的東亞事態。

　　布爾什維克進駐符拉迪沃斯托克,關閉妓院,俄羅斯妓女蓮克成了無業游民,一位常年在此地做生意的孫姓中國商人看上了蓮克,他在路上攔住蓮克,向她求婚,希望蓮克跟他一起回離此不遠的中國鄉村。孫勸蓮克,他有錢,還有能幹的妻子,蓮克不用多幹活就可以過上舒服的日子。蓮克不為所動,她看不上孫的長相。但是久居符拉迪沃斯托克的中國商人孫,早已經摸透了俄羅斯婦女的性格,他沒有放棄蓮克,「向她獻殷勤,給她錢,像放探測氣球似的,向她拋出了去哈爾濱的釣鉤。」蓮克被哈爾濱的都市生活所誘惑,跟著孫一起

〔註1〕阿爾魔尼·聶斯迷羅夫,紅頭髮的蓮克〔J〕,新滿洲,1941,3(11),該小說後收入劉曉麗主編「偽滿時期文學資料整理與研究叢書」之王亞民,杜曉梅編,偽滿洲國俄羅斯作家作品集〔M〕,哈爾濱:北方文藝出版社,2017,作者和作品提名翻譯為:阿爾謝尼·涅斯梅洛夫《紅褐色頭髮的蓮卡》。本書引自初版《紅頭髮的蓮克》(1941),下文不再一一注出。

離開了符拉迪沃斯托克。孫並沒有帶蓮克去哈爾濱，而是回到了他的家鄉，後來由於對性格固執、任性的蓮克很失望，很快就把蓮克賣給了另一位農民。這個沒有姓名的農民也受不了蓮克，把她轉賣給了朝鮮商人，得到一匹馬和半磅鴉片。倔強的蓮克，在朝鮮人去琿春〔註2〕之際，自己逃了出來，跑進了中國、俄羅斯、朝鮮交界處的荒原。

符拉迪沃斯托克的詩人列瓦多夫，由一位熟識的漁民幫助偷渡過海灣，也潛入這個荒原。兩人相遇，一起在荒原流浪 14 天，終於走到了中東鐵路的第一站——波格拉尼契內／綏芬河站。列瓦多夫繼續遷徙到哈爾濱，蓮克留下來做了女招待。「直到過了好多年他們才得以重逢。」

小說信息飽滿，作者阿爾魔尼‧聶斯迷羅夫調動了東亞地理學、宗教學、地緣政治史等多方面的知識，勾勒出海參崴／符拉迪沃斯托克—琿春／卡拉斯基諾—綏芬河／波格拉尼契內——中國—俄羅斯—朝鮮的三角地帶，描述出風雲變幻的東亞局勢。但是在這個東亞時局裏，作者似乎忽略了東亞的重要角色——日本。小說中的時間——布爾什維克進駐符拉迪沃斯托克，應該是1922 年前後，蘇聯粉碎海濱地區的「遠東共和國」，進駐符拉迪沃斯托克。這時的日本已經成為東亞的重要角色，甲午戰爭戰敗清廷，日俄戰爭險勝，殖民臺灣（1895）、旅順大連（1905）、庫頁島南部（1905）、朝鮮（1910）……在描述此時東亞局勢時不可能沒有日本。日本這個角色被作者放在了何處？詩人列瓦多夫在荒原中流亡，作者沒有描繪荒原景色，而是著力於一隻黑色癩蛤蟆。在荒原中被遺棄的捕獸者、採參人的小屋中，「被毀的爐灶石頭上還留有煙黑，那裏一隻黑癩蛤蟆又開腿站著，望著列瓦多夫。列瓦多夫也望著它。癩蛤蟆呼吸著，發黃的喉部脹成一個泡，癟下去又鼓起來……列瓦多夫把眼睛從癩蛤蟆身上移開，抬向上方，透過屋頂上的窟窿，透過過冬屋的荒涼空蕪，可以看到天空中玫瑰色雲彩的邊緣。列瓦多夫又垂下眼睛，又遇到了癩蛤蟆的目光。」作品中反覆提及這個生物，這一神秘之物給人不祥之兆、不解之惑，「只有上帝才知道，這是什麼癩蛤蟆。」「無論是峽谷、癩蛤蟆，還是刻著女人名字的棍子——實際上都不存在，全都是夢幻、虛妄，應該盡快逃離這兒。」是的，作者把日本隱匿在黑色癩蛤蟆這裡，它雄霸東亞，直視各色人物，躍躍欲試，醜陋不堪，這是 20 世紀前半葉日本在東亞的寫照。

〔註 2〕琿春，地處中、朝、俄三國交界的邊境城市，以琿春嶺為界與俄羅斯相連，以
　　　圖們江為界與朝鮮相鄰。

這篇小說彷彿一則寓言，道出了 20 世紀前半葉的東亞歷史場景：醜陋的殖民者、日本軍方野心勃勃，覬覦中國東北、中國腹地、東亞地區，在此時此地的日本人，俄國流亡者、詩人、妓女，朝鮮農民、商人，東北在地中國人與他們發生著各種各樣的聯繫，有反抗與壓迫，有解殖與殖民，有順從與安撫，有妥協與合作，有蒙蔽與欺騙，有各式各樣的抵抗，也有層層疊疊的交流，聚合起東亞混雜事態。小說中還有事出偶然卻具有啟示意義的表述：詩人和蓮克在荒原流浪 14 天終於獲救，而日本在中國東北炮製的「滿洲國」14 年後終結，東北得以光復；「癩蛤蟆——全都是夢幻、虛妄」，被趕出東北的日本殖民者戰後稱「滿洲」為「幻滿洲」——即夢幻、虛妄之地。

二

本書的主題是 1931～1945 年的東北文學。「九一八」事變後，日本在東北炮製出傀儡滿洲國。傀儡國始於「九一八」事變的第二年 1932 年 3 月，終結於中國抗日戰爭勝利的 1945 年 8 月，歷時近 14 年，地域包括中國東北三省（奉天省、吉林省、黑龍江省）、熱河省以及內蒙古東部。偽國名義上的國家元首是清王朝的遜帝溥儀（1906～1967），其實由關東軍首腦及日本官吏操控，也有學者稱之為「日本關東軍把持下的軍事法西斯控制區」〔註3〕。其文化機構及組織都被編織在類軍事化的管理網絡中，例如被稱為「國家」精神子宮的「協和會」（1932）〔註4〕，實為全民動員的工具，所有的官員、教師和地方名流都被納入其中，「協和會」下設有「青年團」和「國防婦人會」，16 歲至 19 歲的年輕人成為「青年團」成員，有公職身份有地位的女性被組織到「國防婦

〔註3〕對於偽滿洲國的性質，中國、美國、日本學者都有相似的表述。中國學者解學詩認為偽滿洲國是日本軍事侵略佔領下的偽國，見解學詩，偽滿洲國史新編（修訂本）〔M〕，北京：人民出版社，2015，〔美〕馬克‧皮蒂（Mark R. Peattie）認為偽滿洲國是個「軍事法西斯」統治區。見 Mark R. Peattie. *Ishiwara Kanji and Japan's Confrontation with the West*〔M〕，NY：Princeton University Press，1975，〔日〕山室信一認為：偽滿洲國不僅僅是一個傀儡政府，而是沒有國民的軍營國家，類似於奧斯威辛集中營或貝爾森集中營的存在。見山室信一，キメラ 滿洲國の肖像（增補版）〔M〕，東京：中央公論新社，2004。〔美〕杜贊奇（Prasenjit Duara）認為：偽滿洲國是軍事法西斯政權，但區別於德國納粹，沒有純化民族的類似觀念。見 Prasenjit Duara. *Sovereignty and Authenticity: Manchukuo and the East Asian Modern*〔M〕,Oxford: Rowman and Littlefield, 2003.

〔註4〕「協和會」和「關東軍」是偽滿洲國的兩個爪牙，一個是宣傳說服的工具，一個是暴力鎮壓的工具。「協和會」的工作計有：精神指導工作，協和工作，厚生工作，宣德達情，組織動員和「興亞」活動。

人會」〔註5〕。而「滿洲藝文聯盟」（1941）垂直管理「滿洲文藝家協會」「滿洲劇團協會」「滿洲樂團協會」「滿洲美術家協會」。1944 年「滿洲藝文聯盟」改組為「滿洲藝文協會」，下設「文藝局」「演藝局」「美術局」「音樂局」「電影局」，形成對文藝工作者全面統制的法西斯文藝體制。

　　日本在東亞地區的殖民統治方式不同於老牌帝國主義歐美，本書命名為東亞殖民主義。區別之一是，日本殖民者在政治控制和經濟掠奪之外，還注重文教工作，例如在滿洲傀儡國這個異態時空中，他們鼓勵人們進行文化生產，希冀文化產品能為其殖民統治服務。在偽滿洲國有一群以文學為志業的作家，儘管他們被歸屬「協和會」和「滿洲文藝家協會」等傀儡組織，族群身份、政治身份複雜多樣：有中國人作家、日本人作家、朝鮮人作家、俄羅斯人作家；有殖民者，有被殖民者，還有搖擺於殖民與被殖民之間的中間階層。例如朝鮮人，因為「日韓合邦」，在偽滿洲國的朝鮮人是擁有「日本國籍」的「皇民」，是殖民者；而在中國人眼中，他們既是被日本殖民的亡國者，也是日本殖民者的幫手。而俄羅斯人，既是失去國籍的流亡者，又是偽滿洲國的「原始居民」〔註6〕，在西方／東方、白皮膚／黃皮膚、流亡者／在地者／殖民者等認知框架中重新被識別。1941 年 11 月號《新滿洲》雜誌刊出「文藝特輯」專欄「在滿日滿鮮俄各係作家作品展」，輯錄四位作家作品：「日系」作家澀民飄吉（生卒年不詳）的《泰平街的邸宅》、「滿系」作家田瑯（1917～1990）的《風雨下的堡壘》、「鮮系」作家安壽吉（1911～1977）的《富億女》和我們前文分析過的阿爾魔尼・聶斯迷羅夫的《紅頭髮的蓮克》。其中澀民飄吉的作品是一篇閒適通俗之作，安壽吉和田瑯的作品都沒有提到日本人及日本形象。「俄系」作家阿爾魔尼・聶斯迷羅夫的《紅頭髮的蓮克》最為獨特，把日本形象寄寓於一隻黑色癩蛤蟆。就在刊出「在滿日滿鮮俄各係作家作品展」專欄 8 個月之前，偽國出臺了《藝文指導要綱》〔註7〕，在偽國生活的作家們幾乎都被納入「滿洲文藝協會」，接受全面監管。相比較而言，「俄系」作家在偽滿洲國的位置更特殊，他們在異鄉──中國，這個異鄉又被異族──日本統治，與同屬於「儒

〔註5〕「國防婦人會」的成員多為偽滿洲國政府官員和高級軍官的妻子，會長是偽滿國務總理大臣張景惠的妻子徐芷卿。

〔註6〕據偽建國宣言：「凡在新國家領土之內居住者……除原有之漢族、滿族、蒙族及日本、朝鮮各族外，其他國人，願長期居留者，亦得享平等之待遇，保障其應得之權利。」（滿洲新六法〔M〕，長春：「滿洲行政學會」印製，1937：16.）流亡及滯留在東北的俄羅斯人被確認為偽國的原始居民。

〔註7〕《藝文指導要綱》全文見本書附錄一。

文化圈」的中、日、朝文化差異大，日偽政權對「俄系」的審查監管相對寬鬆。「俄系」作家有更多的表現空間，例如「鄉愁」主題在「俄系」作品中普遍存在，但是在中國人作品中「鄉愁」因被解讀為心向祖國，遭到禁止。我們可以感歎作者阿爾魔尼·聶斯迷羅夫的勇氣，可以感歎作者的寫作技術，以魔幻現實的敘事風格，既表達出自己對日本統治者的態度，又迷惑了準官辦刊物《新滿洲》的審查官。同時還要理解，為什麼「俄系」作家可以這樣大膽隱喻，而1941年的「滿系」作家和「鮮系」作家卻無法這樣書寫。

與以往的研究不同〔註8〕，本書不在中國現代文學淪陷區文學的框架下研究1931～1945年的東北文學，即東北淪陷區文學，而是嘗試從新的維度——殖民統治下的文學——關注1931～1945年的東北文學。以偽滿洲國——東亞殖民主義區域文化形態為個案研究，嘗試解決殖民文化研究中的一般問題或基本問題，解析東亞文化殖民現象，嘗試建構東亞殖民主義文學闡釋理論，由東亞經驗出發建構理論，豐富現有的殖民／後殖民主義文化理論。

三

20世紀80年代以來，國際學界有關帝國主義與殖民主義的研究開始轉向，研究重心從政治控制和經濟掠奪轉向了文化研究。帝國主義和殖民主義不僅帶來殘酷的政治、經濟後果，同時還有更加難以解除的文化後果。帝國主義與殖民主義在其擴張和統治過程中，建構了一套複雜的話語運作裝置，規定了「意義」「知識」「歷史」「未來」「想像」「自我」「他者」以及「人際關係」等話語裝置，這套話語體系，左右了殖民地人的自我認知、社會認知、世界認知，同時也規定了帝國內部的認識。殖民主義研究開始致力於解構這些帝國話語和殖民話語裝置。以愛德華·薩義德（Edward W. Said，1935～2003）、佳亞特里·斯皮瓦克（Gayatri C. Spivak，1942～）、霍米·巴巴（Homi K. Bhabha，1949～）為代表的後殖民主義理論，是這　學術轉向的標誌。該學術轉向同時

〔註8〕例如以下著作：
　　　孫中田，逄增玉，黃萬華，劉愛華，鐐銬下的繆斯——東北淪陷區文學史綱〔M〕，長春：吉林大學出版社，1998。
　　　申殿和，黃萬華，東北淪陷時期文學史論〔M〕，哈爾濱：北方文藝出版社，1991。
　　　馮為群，李春燕，東北淪陷時期文學新論〔M〕，長春：吉林大學出版社，1991。
　　　徐迺翔，黃萬華，中國抗戰時期淪陷區文學史〔M〕，福州：福建教育出版社，1995。

帶動了文學、人類學、社會學、政治學、語言學等諸多領域的更新，出現了新的研究目標、確立了新的研究議題，相關學術研究著作成績斐然。例如，《逆寫帝國——後殖民文學的理論與實踐》（1989，比爾‧阿希克洛夫特 / Bill Ashcoft、格瑞斯‧格里菲斯 / Gareth Griffths、海倫‧蒂芬 / Helen Tiffin）、《白色神話——書寫歷史與西方》（1990，羅伯特‧揚 / Robert Young）、《帝國之眼——旅行書寫與文化互化》（1992，瑪麗‧路易斯‧普拉特 / Mary Louise Pratt）等。他們強調帝國主義不是一個「單向」的現象，而是一個充滿抵抗、交流和互換的矛盾複雜的過程，這個過程同時發生在暴力、佔有、協作和反抗等事件層面，同時也呈現在象徵和再現的符號層面。但是這項學術工作的展開幾乎都是以解構歐洲帝國主義的全球控制話語為目標，是一套基於歐洲帝國主義及其殖民主義的理論話語，很少涉及東亞地區的日本帝國主義及其殖民主義議題，日本帝國主義及其殖民統治話語的問題未被納入研究範圍。而且更具有遮蔽性的是，在歐美一些後殖民者主義學者眼中，日本作為歐美的他者之一，混同於被殖民一系，殖民東亞的日本與日本在東亞的殖民地一道被納入了「東方學」的研究範圍。本書的工作之一是剝離這種混淆的話語理論，提出東亞殖民主義概念，解析日本在東亞地區製造的帝國話語和殖民話語。近代帝國殖民政治不是歐美一種類型，後發的帝國主義國家日本既是歐美殖民政治的受害者，又是其傚仿者和仰慕者，日本既批判歐美殖民統治又對其加以模仿，同時構建出一套自己的殖民話語，形成另外一套有關文化、歷史、未來、想像、自我、他者等殖民話語體系，並且隨著不同的東亞地方經驗而游移變動。為此，本書希望藉東亞殖民主義概念及其周邊解構日本帝國主義的殖民話語及其影響。

後殖民主義理論首要關注的問題是如何解構歐洲帝國主義殖民時代的知識話語，其次關注的是殖民地世居民族的民族主義及其問題。殖民地抵抗殖民主義主要文化資源是民族主義。「一戰」後，歐洲殖民地內部爆發的抵抗運動，理論資源是民族主義。但是在「二戰」結束後的民族獨立和解放運動中，舊殖民地國家的抵抗運動也逐漸過渡為新型民族主義、國家主義，民族主義在帝國殖民時代是抵抗帝國主義的理念，卻在獲得獨立國家的內部成為壓制多數民眾的強權政治。後殖民主義研究正是從這些問題著手，對「二戰」後原來歐洲殖民地的民族主義資源提出質疑，希望對抵抗運動的多種可能性做出其他解讀。東亞殖民地能夠提供不同於歐洲殖民地的抵抗經驗。依筆者見，有關1931～1945年的東北文學的研究，特別是抵抗文學多樣性的研究有別於後殖民主

義批評的範疇，例如前文分析的俄羅斯作家阿爾魔尼・聶斯迷羅夫作品的《紅頭髮的蓮克》，其中抵抗的因素與民族主義並無直接關聯，對這樣作品的發掘與研究，有望解開「民族主義的盲點」（弗朗茨・法農／Frantz Fanon，1925～1961），為全球去殖民化理論與實踐提供新的視點。

　　本書以東亞殖民主義為視角探究發生在 1931～1945 年的東北文學。這裡的東北文學，不是指中國現代文學史中所描述的 1930 年代以蕭軍、蕭紅為代表的東北文學，而是指此時生活在東北的寫作者的文學，包括留居東北的本地人文學，也包括殖民者日本人的文學、朝鮮移民者的文學、工作在此流亡在此的俄羅斯人的文學。探究他們的文學是如何表現、回應當時的東亞社會及其精神狀況，呈現出何種文學症候。1931～1945 年的東北文學是東亞殖民主義文學的典型，剖析這個典型，可以觀察東亞殖民主義文學種種樣態，進而構建東亞殖民主義文學理論。

四

　　鑒於以上理由，本書集中解決三個問題，首先解構日本帝國主義殖民時代的知識話語，政治上以「新滿洲」話語為核心，文學上以「滿洲文學」話語為核心。清理殖民統治時代「新滿洲」「滿洲文學」話語體系，透視其修辭來源，揭示其背後的帝國主義邏輯。其次考察東亞殖民主義與文化抗爭多樣性問題，專注描述 1931～1945 年的東北在地文學是如何應對日本的入侵與殖民，提出反殖文學、抗日文學、解殖文學的文學分析框架，展示抵抗文學的多種樣態。再次構建東亞殖民主義文學理論，解釋中國現代文學及東亞文學中的某些問題。全書由十章構成。

　　第一章，打開「新滿洲」：宣傳、事實、懷舊與審美。在進入 1931～1945 年東北文學之前，首先解構日本殖民時代的話語裝置——「新滿洲」，清理這種意識形態修辭中包含的多種多樣的內容，透視其修辭的源流，揭示其背後的帝國主義邏輯。

　　第二章，「滿洲文學」：誰的文學，何種文學，是否實存。考察「滿洲文學」概念，梳理日本人、中國人、朝鮮人眼中「滿洲文學」意義指向。「滿洲文學」概念，既是東亞殖民主義意識形態建構之一，也是東亞文學場中文化權力／關係的競技場，殖民者欲利用文學為其新型殖民意識形態服務，卻在殖民地開啟了一種新型的反殖民方式——借文學消解殖民統治。

第三章，異態時空中的文學。綜觀 1931～1945 年東北文學，概述各個語族文學的樣態及狀貌，細察東亞殖民主義與文學的關係。文學如何穿越殖民話語，在何種情況下如何抗爭和抵抗，而這些抗爭和抵抗是否又不經意間落入了殖民者的邏輯；在何種境遇中如何迎合與協作，而這種迎合與協作的背後是否包含了有別於殖民主義的訴求；在欲利用殖民當局的政策並與之周旋的危險嘗試中，殖民傷痕如何刻印在精神深處。由此呈現出東亞殖民主義時代盤根錯節的精神印記。

第四章，殖民與文化抗爭。考察 1931～1945 年的東北文學如何應對日本的入侵和殖民，提出反殖文學、抗日文學、解殖文學的理論分析框架。透過具體的作品：反殖文學──《臭霧中》《象與貓》、抗日文學──《八月鄉村》《萬寶山》、解殖文學──《新幽靈》《僵花》，展示文化抗爭的多層多樣，為解讀抵抗文學提供多維理論視角。

第五章，解殖性內在於殖民地文學。本章繼續「解殖文學」的理論構想，梳理解殖文學溶解殖民統治的三種方式，重思文學和現實的關係。解殖文學，不僅是殖民統治時期的一種文學類型，也是一種方法論，一種詩學和政治學結合的範型，增加解讀殖民地文學的理論維面。

第六章，作家、作品的面相。以五位代表性作家為例，勾勒出當時東北文學的獨特氣質。古丁、山丁、爵青、梅娘和楊絮，他們分別是當時文壇「藝文志」派文學代表、「文選、文叢」派文學代表、與日偽關係密切的有爭議的作家、疏離於主流文壇的通俗作家，解讀他們的作品、文學主張和創作活動，提出「弱危美學」文學批評概念，探討殖民地文學多種多樣的抵抗形式，文學成為強權統治秩序的擾亂者、解構者。

第七章，「附和作品」的虛與實。正視東北偽滿洲國時期文學中「莊嚴與無恥」並存的情態，細察「獻納詩」「PK 手記」「生產文學」三種文類，追問哪些人在寫這類作品？這些作品的具體形態如何？今天如何看待這些作品？探討這些作品出場時臺前幕後的具體原因，以及作品夾縫中努力傳達的隱晦心聲，打開深藏於字裏行間的殖民痕跡與殖民創傷，觀察那些被強加的屈辱。

第八章，殖民體制差異與作家的越域／跨語和文學想像。本章從東北文學的內部轉向外部，呈現與東北同樣被日本佔領的臺灣、華北、華東淪陷區的文學現象，由外部來觀察東北文學，以及因為偽滿洲國的出臺，其他日本佔領區產生的連帶反應，考察日本佔領區作家和作品的越域／跨語流動現象。日本佔

領區的作家借助殖民體制的差異，既打通了一條抵抗文化通道，也出現了多種多樣的文化流動與文化雜糅乃至文化更新，形成了具有鮮明的時代印記的越域／跨語的文化姿態，開啟了多重面相的文學想像。

第九章，「滿洲國」，東亞連帶的正題與反題。本章關注東亞連帶議題，滿洲傀儡國是日本狂想的「東亞一體實驗場」，在此既可以發現日本構想「東亞一體」的霸權性格，又可以發現殖民霸權催生出的東亞連帶真實情感。偽滿洲國跨民族文學交流的實像，可以看到反東亞殖民主義的東亞連帶意識如何發生，如何通過文學活動、文學形式呈現出來。為反抗強迫的東亞一體實驗，生活在偽滿洲國的知識人反而將東亞作為自我之物，從抵抗到主體形成，發展出抗日民族主義與國際主義相結合的東亞連帶意識。

第十章，東亞殖民主義與中國現代文學。辨析「東亞殖民主義」和「殖民主義」「半殖民主義」之間的關係，「東亞殖民主義」與文學的關係，並藉此解釋中國現代文學和東亞文學中的某些文學現象；「東亞殖民主義」概念可以成為綜觀中國現代文學的理論工具之一；與現有的殖民主義理論、後殖民主義理論展開對話。

下面是關於本書表述的幾個說明。

第一，對於日本在中國東北地區炮製的「滿洲國」，行文時除部分引文外或加引號或冠以偽字，以示其傀儡國的性質。「奉天」「新京」「安東」等地名，「滿系」「日系」「俄系」「鮮系」「蒙系」等當時的稱謂，皆根據行文中具體情境而定，或用舊稱，或改用今稱，必要時加括號說明。

第二，本書的時間標識一律採用公曆紀年。當時東北的時間標識方式有這樣幾種：公元、偽大同、偽康德、昭和。偽大同紀年，源於偽滿洲國成立時的年號「大同」，時間為 1932 年到 1934 年。偽康德紀年，是偽滿洲國改為「帝制」後的紀年方式，時間是 1934 年到 1945 年。昭和紀年，是當時的日本紀年方式，在「滿鐵」附屬地、「關東州」等地通行。

五

本書嘗試形成一種理論的、歷史的方法，研究 1931～1945 年東北文學，為此提出了一些批評術語，這裡列舉其三。

「東亞殖民主義」（East Asian Colonialism）及由此派生出的「東亞殖民地文學」。東亞殖民主義不是東亞作為一個區域再加上殖民主義的組合，不是現

有歐美殖民主義的一個分支，這裡提出的東亞殖民主義是面對西方知識語境中形成的已有的殖民主義觀念，指向另外一種政治霸權模式、另外一種世界想像。原有的殖民主義觀念，宗主國和殖民地的關係，似強盜和被搶劫人的關係，強盜不太關心被搶的人的文化問題，一切都是為了搶起來方便而設置，比如語言學習、技術學習，但並不關注殖民地人的文化問題，比如英國在印度，很少對印度本土人發布所謂的文化政策、文學綱領的法律法規〔註9〕。而東亞的日本作為後發的帝國主義國家，既是歐美殖民政治的受害者又是其傚仿者，既批判歐美殖民統治又模仿歐美殖民統治，形成另外一套文化、想像、政治、經濟擴張與控制的殖民話語體系。日本號稱「脫亞入歐」，一方面像西方國家一樣，對外進行戰爭、掠奪、屠殺、移居——殖民方式；另一方面，日本又號稱「亞洲主義」對抗歐美白人殖民主義，在殖民地進行文化「啟蒙」，鼓勵殖民地文化事業，制定文藝政策等。東亞殖民地文學，更多的是殖民地本土人的文學，而殖民者——日本人的文學所佔份額並不多，這是東亞殖民地文學的一個重要特徵。也就是說，當我們說殖民地文學時，有兩種殖民地文學：一種是歐洲殖民地文學，主要指在殖民地生活的歐洲人的母語文學，即克里奧爾人文學（Creoles）；一種是東亞殖民地文學——日本殖民地文學，殖民地世居民族的文學是東亞殖民地文學的主體，文學形式和文學語言也多以殖民地世居民族的文學形式、文學語言為主。此外近代日本借用古代中國「中心—邊緣」「華夷」秩序來想像世界，但中心被置換成日本，想像亞洲文化有賴於日本的領導。我們可以這樣理解東亞殖民主義的意涵，日本模仿西方殖民政治——殖民東亞地區，而用「中心—邊緣」——構想世界秩序。東亞殖民主義，沿用了中國古代想像世界的方式，又借用了現代西方的殖民手段，形成一種新型的政治霸權模式。東亞殖民地文學——偽滿洲國文學、朝鮮半島文學和臺灣文學，其複雜性有別於歐美殖民地文學。首先日本殖民政府干預文化生產、文學事業，一方面鼓勵殖民地世居民族進行文學創作，一方面鎮壓具有抵抗意識的文學。其次東亞殖民地文學，主要是殖民地世居民族的文學。

「解殖文學」（Lyo-colonial Literature），消解、溶解、拆解殖民統治的文學。本書提出用反殖文學、抗日文學和解殖文學一組概念分析日本殖民時代的東北文學，這組概念意指相關的三種文學類型，解殖文學在複雜性和闡述難度

〔註 9〕英國在印度和埃及的殖民統治，殖民者採取「因俗而治」的政策，主要維護自由貿易的原則，不干預本土國王的政務，尤其沒有興趣監管當地人的文藝作品。

上處於核心地位。反殖文學即反抗殖民統治的文學，因為作品刊載在殖民統治地區的出版物上，隱微書寫是其主要特徵。抗日文學指直接抨擊日本帝國主義侵略的文學，以著名的東北作家群文學和東北抗聯文學為代表，直抒胸臆是其主要特徵。解殖文學，指居住在東北日本統治區或者在此成長起來的作家，他們在殖民統治現場創作並發表的多種多樣的文學作品，隱去作者情緒的零度寫作、無評估義務的旁觀姿態是其常見特徵。解殖文學與殖民統治共在，其承接龐雜的文學傳統和思想資源，或專注波瀾不驚的日常瑣碎生活，或書寫歷史故事與傳說，或描寫自己的小小哀傷和微微的喜悅，或關注性別、青年、鄉土、生態等問題……這些作品所呈現的世界和情緒混雜而曖昧，既是殖民統治時期精神生活的掠影，又常常在不經意處與殖民統治意識形態宣傳相左。這樣的文學作品如雜草般生長，卑微而有韌性，只要有適宜的環境便迅速生長，四處蔓延；這些文學作品猶如腐蝕劑般慢慢地消解、溶解、拆解著殖民統治，因此稱之為解殖文學。有一點需要澄清的是，近年有些學者把後殖民理論中 Decolonization 概念翻譯為「解殖」〔註10〕，Decolonization 是殖民時代結束之後對殖民話語、殖民傷痕的去除，筆者認為譯成「去殖民化」更依其本意。本書的「解殖文學」，不是指 Decolonization，而是指殖民統治時期在場的一種文學，這種文學具有消解、溶解、拆解殖民文化、殖民統治的意味和作用，如果譯成英文，可以是 Lyo-colonial Literature〔註11〕。

「弱危美學」（Vulnerable-precarious Aesthetics），與解殖文學相關的審美概念。這裡的美學不是判斷美醜的意思，而是回到美學的詞源 Aesthetics，即感覺、感受、感觀。弱危，是一種關係性倫理概念。弱（vulnerable），脆弱的，弱勢的，易受攻擊的，易受傷的；危（precarious），危險的，不確定的，不穩定的。由於強大他者的存在、他者的意志，「你」會成為弱勢群體、易受攻擊、易受傷害，處在危險之中；而因為「你」是易受攻擊的、易受傷的，且處在弱勢，無能力直接反抗，逐漸地培育出　種應對攻擊和傷害的本能、本領。因為無法預測傷害從哪裏來，以何種方式而來，「你」始終要調適這種本領。逐漸形成一種不確定、不穩定的印象，而這種不確定性不穩定性也是抗爭本領之一，是一種消解、瓦解既有秩序的力量，這樣的存在對於他者而言也是危險、

〔註10〕例如許寶強，羅永生選，解殖與民族主義 / Decolonization and Nationalism〔M〕，北京：中央編譯出版社，2004。

〔註11〕Lyo-colonial Literature，Lyo 源於希臘語詞根，Lyo：luein-to loose，釋放、變松之意。

危機。這是殖民統治時期特有的一種文學力量——柔弱的力量，一種面對被欺辱、被傷害、不幸和不公時的弱者不馴服的力量。在解讀這樣作品時，我們既不把它們看作無病呻吟之作，也不在其中挑選某些抵抗的隻言片語，而是承認這些作品的柔弱性，感受到這種柔弱之中蘊含的力量。同時思考這樣一系列問題：反抗是不是只有強而有力一種？強而有力的反抗會不會掩蓋千瘡百孔的現實？力量可不可以柔弱的姿態出現？創傷除了自哀自憐有沒有再生流變的可能？透過這個理論概念——弱危美學——打開解讀殖民統治時期文學的更多維面。

希望通過本書的討論重構 1931～1945 年東北文學的認知，思考東北，重構東亞文學想像。同時希望本書提供的某些解讀殖民統治時期文學的概念和方法，會對其他時代和區域類似議題的研究起到提示作用。

第一章　打開「新滿洲」——宣傳、事實、懷舊與審美

　　日本在中國東北炮製的偽滿洲國，終結於中國抗戰勝利暨世界反法西斯戰爭的勝利，但其構造的一套殖民話語在東亞各國仍時隱時現。本書首章解析偽滿洲國的核心話語之一 ——「新滿洲」。滿洲傀儡國一出臺，日本關東軍、在滿日本官僚和清遜帝溥儀（1906～1967）及其國務總理大臣鄭孝胥（1860～1938）等清遺老們各懷政治目的籌劃構建所謂「新國家」的意識形態：「新滿洲—新國家」「新滿洲—新國民」「新滿洲—新發展」「新滿洲—新建設」「新滿洲—新生活」，以及「五族協和」「王道樂土」的「新滿洲」。與之配合的是強迫的迅速的殖民「現代化」進程，不僅有經濟「建設」，還有意識形態建構和文化規劃。日本當權者和傀儡滿清皇室、清遺民大臣等各懷政治狂想——塑造民意、虛構歷史，進行意識形態建構及宣傳，這些意識形態的宣傳與涸澤而漁的殖民「現代化」進程相配合。偽國終結，留下很多可以再利用的建築、可以運轉的工廠和鐵路、公路等，「新滿洲」這種意識形態修辭也若隱若現，以懷舊的、審美的等變式隱現於日常閒談、文學創作、歷史研究之中。在進入 1931～1945 年東北文學之前，需要首先解構「新滿洲」話語術，釐清其裹挾的各種信息，透視其帝國主義修辭的來源，揭示其背後殖民現代性邏輯，正本清源。

第一節 「新滿洲」敘事

　　所謂「新滿洲」敘事，是指隨著滿洲傀儡國一起建構起來的「新滿洲—新

國家、新國民、新建設、新發展、新生活」的意識形態神話，以所謂的「偽滿是近代中國東北發展最快的時期」為核心內容，散見於各種關於偽滿洲國的敘事與想像中。代表性敘事有三：一是偽滿洲國時期的意識形態建構與宣傳，二是「懷舊」式的民間想像，三是學者和作家的「科學研究」和「藝術描述」，最後一種常以「客觀事實」和「藝術審美」的形式出現。

滿洲傀儡國被炮製之時，標舉「東方現代國家」，構建意識形態首當其衝，日本軍方和偽國傀儡溥儀集團各懷目的，炮製出以「新滿洲」為核心的偽國意識形態，由此形成一套「新滿洲」敘事。

滿洲傀儡國結束於 1945 年 8 月〔註1〕，其建構出來的「新滿洲」敘事沒有隨著傀儡國的覆滅而失效殆盡。偽滿洲國的遺留下來的建築、公園、工廠、鐵路、公路等還在，有人藉此感慨偽滿洲國時期的「現代與先進」。如果你到長春去旅行，長春市民會告訴你：「吉林省人民銀行大樓以前是偽滿時期的『滿洲銀行』大樓。」「長春很早有抽水馬桶；長春曾是亞洲第一個全面鋪設煤氣管道的城市；長春曾是中國第一個規劃環城地鐵的城市，很早就有了有軌電車和高速公路；長春是亞洲近代唯一一個一度比東京還現代的城市。」〔註2〕而一些網絡博客文章如《歷史上東北有多麼富足》〔註3〕等都渲染了當時東北的現代化進程。這是一種「懷舊」式的民間想像。

某些歷史學家和文學家也在有意無意地建構「新滿洲」的故事。日本作家村上春樹（1949～）的小說《奇鳥行狀錄》（1995）和遊記作品《邊境 近境》（1998）或隱或顯地描述偽滿洲國的情形。在村上春樹的筆下，今天的「長春動植物公園」──偽滿洲國時期的「新京動物園」〔註4〕，面積大得不得了，動物數量卻少得可憐，動物園裏的建築陳舊，形同廢墟，「鋼筋混泥土建築物

〔註1〕1945 年 8 月 14 日，日本接受《波茨坦公告》，關東軍解除武裝。15 日，日本天皇宣布無條件投降。17 日，偽滿洲國國務院會議通過偽國解體的決議。18日凌晨，傀儡皇帝溥儀在他的逃亡之地──通化大栗子宣讀《「滿洲國」解體和皇帝退位》的詔書。

〔註2〕這些信息，在龍應台的《大江大海──1949》、申榮雨的《滿洲紀行》等書中也有此類轉述。

〔註3〕文章來源：http://blog.sina.com

〔註4〕「新京動物園」建於 1938 年，當時因面積大、展出動物品種多，號稱「亞洲第一」。1944 冬因美軍空襲將園中的非洲獅、東北虎等猛獸處死。日本戰敗投降，這裡一度成為國民黨軍隊的「練兵場」。1987 年作為「長春動植物公園」重新開放。該動物園在村上春樹的小說《奇鳥行狀錄》有描述。

的牆壁像久經歲月洗禮一般淒慘慘黑乎乎的，到處布滿令人想起李爾王皺紋的深度裂紋，有的地方甚至已開始崩毀。」〔註5〕這讓村上春樹感慨到：讓人實在無法想像這是七八年前建的，相比較而言，倒是「五十年前的混凝土臺基，顯得結實得多新得多」。〔註6〕50年前的時間指向了日本殖民統治滿洲時代。西澤泰彥（1960～）是研究日本殖民地建築的專家，著有《日本的殖民地建築論》（2008）等專書，他認為建築如實地反映了建造年代的存在，而且建築是講述歷史的最雄辯的存在。在《圖說「滿洲」都市物語》（2006）一書中，西澤泰彥用攝影與文字展示了大連、瀋陽、長春、哈爾濱四個城市的建築，突出體現了舊時代東北的都市建築──中華巴洛克建築、「興亞」式建築等。這是一種審美主義的懷舊。

歷史學家通過「科學」「客觀」的研究也向我們表明偽滿洲國的「建設」和「發展」，例如「日本滿洲開發四十年史刊行會」編的《滿州開發四十年史》（1964）、「滿洲回顧集刊會」編的《啊，滿洲》（1964）等。這裡只舉影響廣泛的《劍橋中華民國史》對偽滿洲國的描述，「日本控制下的滿洲工業從1936年起迅速增長，……廣義的工業（礦業、製造業、公用事業、小型工業和建築業）在1936～1941年之間每年以9.9%的比率擴大，與此相比，在1924～1936年間為4.4%。工廠工業的增長甚至更快，結果是，占中國總人口8～9%的滿洲，工廠生產額幾乎占1949年以前全國總生產額的1／3。」「在滿洲建成了4500公里鐵路，主要是日本在1931年後新建的……中國鐵路，將近40%在滿洲。」〔註7〕

這些「新滿洲」敘事與偽滿洲國時期的意識形態宣傳似乎相吻合──那個時期先進、現代、唯美、發展迅猛。果真如此嗎？為此有必要重返歷史，勘察「新滿洲」這種意識形態神話的來龍去脈，其背後的邏輯是什麼？偽滿洲國治下的「臣民」又生活得如何？是不是這些所謂新建設新發展的享用者？不同語境中的「新滿洲」敘事在述說同一個故事嗎？

〔註5〕〔日〕村上春樹，邊境・近境〔M〕，林少華譯，上海：上海譯文出版社，2011：124。

〔註6〕〔日〕村上春樹，邊境・近境〔M〕，林少華譯，上海：上海譯文出版社，2011：125。

〔註7〕費正清，劍橋中華民國史〔M〕，北京：中國社會科學出版社，1994：57，110。

第二節 「新滿洲」敘事的源流及背後

面對滿洲傀儡國這個怪胎，我們首先會想到的問題是：為什麼在 1930 年代，在中國會出現一個國中之偽國？而這個國中之偽國恰恰是中華民國成立以來最反對的政治體──偽國是日本強佔實施殖民統治之地，1934 年後偽國沿用了傳統中國的帝制政體。

偽滿洲國何以出現，這方面的研究很豐富，不再贅述，這裡就本書關心的問題，從另外幾條長時段的線索來理解這個問題，同時呈現其另一個面相。

第一條線索是 1894～1895 年的中日甲午戰爭。甲午戰爭，清廷慘敗，與日本簽訂了《馬關條約》，賠款 2 億兩白銀〔註 8〕。當時清廷每年的財政稅收是 3～4 千萬兩白銀，也就是說，清廷要把 6～7 年的財政稅收全部交給日本。而那時的清廷財政正處於緊張之時，國內外的問題接踵而來──鴉片戰爭、太平天國、捻軍等，中國就這樣衰落下來。而此時中國和日本都在勵精圖治發展現代化的進程中，都處在最需要錢的時候，結果清廷傾囊全部給了日本。日本用這些錢發展軍事和教育，回頭再一次與中國開戰。

第二條線索是 1904～1905 年的日俄戰爭。這場戰爭以日本人獲勝而告終，這是近代以來亞洲和列強的戰爭中，亞洲人第一次獲勝的戰爭，不僅給日本人以夢想，也給中國知識分子想像的空間。梁啟超（1873～1929）1902 年創作的政治科幻小說《新中國未來記》，在紙上想像了一場中西方的戰爭，中國獲勝，戰勝的中國，萬國來朝。在某種層面上，可以說「日俄戰爭」實現了梁啟超的紙上想像。但是根本不同的是，勝利者不是中國人，而是日本人。而且日俄是在中國東北領土上進行的戰爭。日本人獲勝，帶來的後果是日本的「大東亞共榮」的政治野心，對中國東北的侵佔，全面侵華戰爭，以及對亞洲其他地區的殖民與軍事佔領。

另外一條線索是美國領土擴張的模式。美國何以成為含夏威夷群島在內的超級領土大國？且舉一例，1836～1845 年「德克薩斯共和國」事件，1836 年德克薩斯脫離墨西哥成為獨立國家。9 年後，1845 年德克薩斯共和國要求併入美國，成為美國的一個州。這給日本政治野心家一個政治樣本和政治狂想──偽滿洲國脫離中華民國獨立，若干年後「主動」併入日本。1930 年代，國際上「殖民主義」消隱「民族自覺」觀念流行。美國擴張政治模式教給日

〔註 8〕此外，又付出「贖遼費」3000 萬兩、「威海衛守備費」150 萬兩，其實賠款是23150 萬兩白銀。

本一種新的政治想像，可以不用直接殖民朝鮮和臺灣的模式來統轄中國東北。

　　還有一條線索是中華民國的國家觀念。1912 年中華民國成立，標舉為現代民族國家。但是此時的國家領導人的國家觀念還處於傳統的「天下」觀向「現代民族國家」觀念過渡階段。「天下」觀，邊界概念模糊；而「現代民族國家」首要的問題是劃清國家邊界問題。當時的國民政府無暇也不特別重視邊疆事務，至少把地處邊疆的東北地區的事情看作是次要事件，只想借助當時的「國際聯盟」（League of Nations）來解決東北問題，日本入侵東北組建偽國，國民政府除口頭抗議外，只是督促「國際聯盟」來主持公道，沒有採取積極的軍事行動。〔註9〕

　　這些線索匯聚成這樣一幅畫面，一個有「經濟實力」（甲午賠款）、有「政治野心」（日俄戰爭）、有「政體樣本」（美國模式）的野心勃勃的日本，與當時的中華民國相遇，沒有遇到強有力的阻礙，就在中國東北構造出一個「滿洲國」。而且他們要建立的偽國不僅僅是一個資源供應地──如殖民地朝鮮和臺灣，而是作為未來日本國實驗基地而打造的，從「設計藍圖」到「實施過程」，都以長久、穩固、唯美為目標。這就如同一個有錢有野心有藍圖的設計師一般，他要設計製造出一個讓世界驚歎的「藝術品」。吉林省長春市這個偽滿洲國時期的偽首都，其規劃以先進歐洲的大都會為範本〔註10〕，寬闊的街道從市中心向四面八方輻射出去，廣場多，公園多，建築物多以花崗岩鑲嵌──結實壯美。偽滿洲國延續近 14 年，根據其「理想藍圖」的設計，在工業、農業、建築業、教育和文化方面都按圖索驥地急功近利地「發展」起來。在今天的東北，我們仍可以看見那瘋狂野心留下的遺跡，西澤泰彥還能拍攝到偽滿洲國時期的堅固壯觀的建築，村上春樹還能看見「五十年前的混凝土臺基」，當時的鐵路網和公共設施有些仍然在使用。

〔註 9〕中華民國政府沒有積極解決「九一八」事變及偽偶國事件，只寄希望於當時的國際組織──國際聯盟裁定此事。國際聯盟派出「滿洲事變」調查團，李頓（Lytton）任調查團團長，1932 年 10 月提交報告書，指出日本關東軍並非「合法的自衛手段」「滿洲國」是日本製造的傀儡政權，不承認「滿洲國」為獨立國家，並建議對中國東北實行國際共管。日本不滿國聯裁定，1933 年 3 月退出國際聯盟。
〔註10〕偽都「新京」設計與實施方面的研究，參見〔日〕越澤明著，偽滿洲國首都規劃〔M〕，歐碩譯，北京：社會科學文獻出版社，2011。

別有用心的「建設」僅僅是「新滿洲」敘事的一個源流而已,「新滿洲」敘事更重要的源流是意識形態宣傳。

中國東北地區,有很多稱謂,諸如關外、關東、滿洲、東三省等等,每種稱謂背後都有著不同的故事。東北地區因地處山海關之北之東,故被稱為關外或關東。而滿洲即是「滿洲族」的簡稱(今簡稱為滿族),又是「滿洲族」居住地的代稱,後成為日、俄及歐美等國對東北的統稱。〔註 11〕1907 年清廷在東北設置三省,開始使用「東三省」稱謂。中華民國成立時,要構建現代民族國家的疆域概念,對於中心來說,這塊土地位於東北部,當時的報刊開始用「東北」替代「滿洲」「東三省」。1932 年「滿洲國」出現,這個借助於滿清退位皇帝建立的傀儡國家,假意要恢復清帝時代的稱謂「滿洲」,同時又要體現日本統治者的野心,便以「新滿洲」來稱呼這塊土地,當時的報刊雜誌被明令禁止使用「東北」「東三省」。與此同時偽國統治者開始推行宣傳新的意識形態——「新滿洲—新國家」「新滿洲—新國民」「新滿洲—新發展」「新滿洲—新建設」「新滿洲—新生活」——這裡是「日本的親邦」「青年的樂土」「勞工的伊甸園」。當時報紙和文化雜誌主動或被迫參與到建構「新滿洲」意識形態中來,「滿洲國」四大城市四大報紙——《盛京時報》(瀋陽)、《大同報》(長春)、《泰東日報》(大連)和《濱江日報》(哈爾濱),利用社論、時事報導和文學副刊等欄目從不同層面不同角度宣傳構建新意識形態。社論類欄目,大多數為「滿洲國」政界要員的文章,他們依據自己的立場,宣傳「新滿洲」的「美好未來」等;時事報導宣稱「滿洲國」「社會穩定」「經濟迅猛發展」「民族和諧」等;文藝副刊,有「建國小說」「應時小說」「頌政詩歌」「文藝評論」等作品,宣傳「滿洲建國」「滿洲獨立」「美好滿洲」。〔註 12〕

〔註 11〕「滿洲」作為地名,源於外來詞 Manchuria,出現在 19 世紀早期,沙俄及西歐等國企圖侵略中國,首次將東北地區看做一個完整區域冠名為「滿洲」,參見拉鐵摩爾,中國的亞洲內陸邊疆〔M〕,唐曉峰譯,南京:鳳凰出版傳媒集團,江蘇人民出版社,2010:74,日本人高橋景保的著作《日本邊海略圖》(1809)用「滿洲」稱東北。另外一種研究:「滿洲」從族名到地名,見馬偉,「滿洲」:從族名到地名考〔J〕,東北史論,2013(3),傅斯年在《東北史綱》(1932)一書專論「用『東北』一名詞不用『滿洲』一名詞之義」。

〔註 12〕翻看當時的報紙,可以看到下面一系列文章:
一萍,五十年後之滿洲國〔N〕,大同報,1933-3-1,該作品被標明「應時小說」,內容許諾美好的未來——50 年後的「滿洲國」路不拾遺、安居樂業、欣欣向榮。
《盛京時報》的「神象雜俎」欄目(1936 年 11 月 9 日～19 日),連載「如何

文化雜誌方面，1939 年以「新滿洲」為名創辦了一本漢語雜誌〔註13〕，《新滿洲》雜誌後來成為偽滿洲國刊行時間最長的漢語文化綜合雜誌。時人在《華文每日》上撰文說：「這老牌雜誌，獨佔滿洲雜誌的核心。」〔註14〕《新滿洲》雜誌可以作為打造和解構「新滿洲意識形態」的標本來分析。雜誌一經創刊，就用一年時間連載兩部長篇小說《新舊時代》和《協和之花》〔註15〕。從這兩部小說的題名「新舊時代」「協和之花」亦可以看出其用意，《新舊時代》用時間序列的對比修辭策略，偽造出兩種時間、兩種歷史，偽國前的「落後與貧困」對比偽國後的「進步與富足」。《協和之花》用空間序列的對比修辭策略，偽造出兩個空間──文明之都和愚昧荒野，日本「文明與親善」對比「滿洲」「愚昧與野蠻」。

　　《協和之花》是篇愛情小說，「滿洲」男青年吳羨雲被溫柔的日本女孩中村芳子征服，這裡沒有刀光劍影的強迫，愛情的阻礙不在日本女孩中村芳子這裡。中村一家對吳羨雲非常友好。在「滿洲」時，芳子父親中村近壽是吳羨雲的老師，教授他知識；在東京時，芳子的母親和嫂子照顧吳羨雲的生活。愛情的阻礙來自「滿洲」青年吳羨雲的父母。吳羨雲的父母也愛自己的孩子──一種舊式的落後的強加式的愛，他們為孩子花錢定親，強迫兒子成婚，這種「舊式的愛」險些送了兒子的性命。落後的「舊滿洲」把青年逼向「活著是沒有希望的」的境地，而文明的「新滿洲」許諾青年一種全新的自由生活。在這個簡單的愛情敘事中，作者桂林加入了很多旁逸斜出的描寫，比如寫吳羨雲赴日本留學的行程是這樣寫的：

　　　　振興滿洲國之文藝使其有獨立色彩」的獲獎徵文，標舉「滿洲獨立」，文學獨立，獨立之後「滿洲文學」的前景等。

〔註13〕《新滿洲》，月刊，1939 年 1 月在長春創刊，終刊於 1945 年 4 月，歷時 7 年，共刊出 74 期，該刊由「滿洲圖書株式會社」主辦，創刊時編輯人是「滿洲圖書株式會社」編纂室主筆王光烈，從第 4 卷 11 月號開始由季守仁（吳郎）任編輯人，發行人是「滿洲圖書株式會社」常務理事駒越五貞。

　　　　《新滿洲》雜誌目錄，請參見劉曉麗，〔日〕大久保明男，偽滿洲國的文學雜誌〔M〕，哈爾濱：北方文藝出版社，2017。

　　　　《新滿洲》雜誌的刊名，據李正中（柯炬）先生介紹，《新滿洲》的刊名由日本人指定。當時的一些中國文人，包括《新滿洲》的編輯人季守仁和王光烈在內，對這個刊名非常反感。（2005 年 4 月 18 日，李正中答筆者問。存錄音資料。）

〔註14〕宋毅，滿洲一年的出版界〔J〕，華文每日，1933-12（1）。

〔註15〕陳蕉影，新舊時代〔J〕，新滿洲，1939-1（1-12）。
　　　　桂林，協和之花〔J〕，新滿洲，1939-1（1-6）。

　　　　吳羨雲從家裏走後，先到奉天，取道安東，經朝鮮，到釜山。
坐海輪「日本丸」。這是羨雲有生以來，頭一次的嘗著海上生活。他
在甲板上不時的眺望著海的風景探索著海的神秘。……在下關地方，
登上友邦大陸的第一步。開始接觸友邦的人物。他經過工商府的大
阪。歷史名地的京都。賞玩過代表友邦的櫻花。瞻望過高聳雲表的
富士山。……抵達東京。

到了東京之後，「滿洲」青年吳羨雲又受到一次「文明的洗禮」：

　　　　芳子同著羨雲，到東京各處去參觀，走了三天才大致走完。什
麼明治聖德紀念繪畫館啦，靖國神社啦，二重橋啦，上野公園啦，
以及寶家劇場啦，松板屋百貨商店啦，銀座街夜市啦……等東京的
名所，都去了一遭。〔註16〕

　　這些對日本、對東京的介紹性的豔羨的描寫，與小說內容沒有多少關聯，
作者是在向「滿洲」的讀者炫耀日本的現代文明，相比之下，作者把「滿洲」
的生活寫得落後、迷信。吳羨雲父母為他包辦的準新娘生病後，「先找劉大神
給紮幾針，未見好」。當鄰居聽說馬上就要拜堂的新娘病逝時，廚子老王對老
趙說：「當初他們這樁婚姻，八成是沒有合婚，不知是誰忌誰，再不就有一頭
命硬。要不然，剛辦喜事，新娘死了，新郎還在鬧病。」山東老羅對老李說：
「必是先生給看錯日子啦，衝犯著什麼太歲爺爺啦。」下屋二禿子聽說，忙問
他媽媽：「新娘死了，還借咱們大公雞拜天地不。」

　　這種文明與迷信、進步與落後的對照式描寫，透露出這樣一種看待世界的
視角──日本是先進的、文明的、有魅力的、溫柔體貼的，而「滿洲」是落後
的、低等的、迷信的、有待改造和教化的。這種看待世界的視角，隱藏在塑造
「新滿洲」意識形態的背後，是要把「舊滿洲」變成「新滿洲」的前提。更重
要的是，這本來是一虛假種觀念、一種意識形態編造，卻被當成一種事實性描
述，在《新滿洲》雜誌中不斷復現。

　　《新舊時代》《協和之花》這樣的小說，許諾「滿洲」青年們一個「美夢」
──你可以受到良好教育、到日本留學、娶溫柔的日本老婆，在「改天換地」
的「新滿洲」過上夢寐以求的「新生活」。

　　製造「新滿洲」美夢的不僅有虛構作品，還有非虛構和寫真，《新滿洲》
雜誌用照片和新聞、隨筆描繪「滿洲國」的「新景觀」。圖以照片為主，主要

〔註16〕桂林，協和之花〔J〕，新滿洲，1939-1（6）。

展示「滿洲國」建「國」後「日新月異」的「新」變化──新建的工廠、礦山和「繁榮」的城市、鄉村。常設欄目有：「禹甸河山」「滿洲的現地」「我們的鄉土」「各地通信」等，這些欄目描繪著「滿洲國」的「開發」「建設」，呈現「新滿洲」──「新建設」「新發展」「新氣象」「新生活」的景象，如：《一日千里的錦州》《第二松花江堰堤建設地──松花江上大冥想曲》《炭都之城的撫順》《土地開發的延壽》等。〔註17〕這些圖片和文章營造出一個「日新月異」的「飛速現代化」的社會景觀。

　　這還不夠，要建構出一個「苟日新，日日新，又日新」〔註18〕的新世界，得重新塑造社會中的勞工形象──這裡的底層苦力們也「舊貌換新顏」了。疑遲（1913～2004）的長篇小說「凱歌三部曲」〔註19〕，塑造了偽滿洲國勞工的新形象。偽滿洲國的窮鄉僻壤「沙嶺屯」因為日本「開拓團」的到來，開荒、播種、修渠、架橋，村民的積極性被調動起來，連村裏的小偷和吸食鴉片者，都精氣神十足地投入到生產「出荷」的勞動之中。

　　由此我們可以看到，別有用心的所謂建設與總動員式的話術相互配合，「新滿洲」的意識形態就這樣被建構出來。

　　現在讓我們轉到這種意識形態修辭的背後，探查其深藏的邏輯。前文提到的幾部作品，《新舊時代》用時間對比修辭策略，塑造出「滿洲國」前的落後和貧困以及「滿洲國」建「國」後的進步與富足；《協和之花》用空間對比修辭策略，塑造出「滿洲」的愚昧、野蠻與日本的文明、親善。「凱歌三部曲」用日本「開拓團」的到來，切割出兩個沙嶺屯──死水一潭的沙嶺屯和生機勃勃的沙嶺屯。由此落後與進步，蠻荒與文明的二元結構被確立起來，偽國前的「滿洲」被分配了落後和蠻荒的一元，而偽國時期佔據了進步、文明的一元。其背後的邏輯是，日本拯救了「滿洲」，把落後、蠻荒的「舊滿洲」建設成了進步、文明的「新滿洲」。而且這種二元結構本來是強權者的意識形態觀念，卻經過偽國的文化規劃，在報刊雜誌中不斷復現，在那些所謂小說、照片、隨

〔註17〕梅月，一日千里的錦州〔J〕，新滿洲，1940-2（9）。

　　　　季守仁，第二松花江堰堤建設地──松花江上大冥想曲〔J〕，新滿洲，1941-3（5）。

　　　　冰旅，炭都之城的撫順〔J〕，新滿洲，1943-5（8）。

　　　　支羊，土地開發的延壽〔J〕，新滿洲，1943-5（8）。

〔註18〕劉盛源，新滿洲怎樣新的〔J〕，新滿洲，1941-3（1）。

〔註19〕疑遲「凱歌三部曲」，分別是《曙》《光》《明》三部小說，連載於《藝文志》9～11期，1944年。

筆、紀事等烘托下，意識形態被逐漸演化成「事實」，而這「事實」又加固其欲張目的意識形態。

第三節　不同的故事，不同的境遇

　　偽滿洲國時期的「新滿洲」敘事，毫無疑問是一種意識形態的宣傳。當然這種宣傳並非完全虛幻，其中的確有為政治野心和掠奪之便的「開發」「建設」，如前文提到的一個有錢有野心有藍圖的殖民者，他們有能力有實力改變這片土地，建起高樓大廈，建成現代化的工廠、礦山，還有花園城市和四通八達的鐵路網等。那麼生活在這個設計的、迅速變化世界中的三千萬人，又生活得如何呢？他們是現代文明的享用者嗎？

　　《協和之花》中的「日滿協和」小夫妻是「新滿洲」的快樂居民吧？小說以「從此過上了幸福的生活」為結尾，我們已經無法得知作者桂林是否有意為之，但從文學作品的敘事模式可以判斷，愛情—磨難—終成眷屬（「從此過上幸福的生活」）是典型的造夢文學，夢醒時分才是真實生活的開始。桂林略去的故事，有人續寫：

> 看看表　正指五點鐘
>
> 該是宴會時候了
>
> 推開廳堂華麗門
>
> 見一屋冷寂擠個滿
>
> ——卻是來早了
>
> 啜混黃的茶水　嚼著無聊
>
> 心暗忖——最怕第一人
>
> 如今偏這末巧
>
> 倘使有人來
>
> 我準備一句「昆邦哇」
>
> 然後只剩一掬窘迫的笑
>
> （某日應作曲家協會召宴於第一ホテル準時前往至則宴會場尚鎖當由役者開門獨自悶坐無聊中寫下此數句　八月廿日新京）

〔註20〕

〔註20〕冷歌，宴會〔J〕，藝文志，1943（1）。

　　詩人冷歌（1908～1994）記述了與日本人共事的「滿洲」青年的尷尬與窘迫。處處小心地與日本人相處，但卻總是被日本人怠慢輕侮；應邀準時參加宴會，卻是「冷寂」的「廳堂」等著他，只能自嘲地「窘迫的笑」。

　　在「新滿洲」生活的勞工們是現代文明的享用者嗎？圖文並茂的《新滿洲》雜誌，展示出「滿洲國」嶄新的工廠、礦山和繁榮的城市和鄉村。爵青（1917～1962）筆下的現代化的火車月臺卻是另一番景象：

> 　　所謂開墾民……像蝟集群生的一批餓獸似地……除了壯漢還來
> 回在人群裏亂竄，婦女、孩子和老人疲乏得幾乎都坍倒在地面上。
> 孩子哭著要奶吃，老人躺著悲鳴，婦女尋找丈夫……立刻使站臺上
> 形成了修羅界。〔註21〕

　　由於日本開拓團的到來，農民要離開故鄉到更貧瘠的山裏去耕作，疑遲筆下「沙嶺屯」沒有他們的份兒。就是同一個作者疑遲，既塑造了「沙嶺屯」也塑造了「施家堡」〔註22〕，施家堡的勞工們被軍（鄉團團長）、政（村長）和學（校長）合夥欺辱，村裏的權貴們借助演電影之名，收刮村民的糧財，忍氣吞聲者有之，鋌而走險者有之，那種強迫的現代文明在敗壞他們的生活。

　　王秋螢（1913～1996）的《去故集》《小工車》兩部小說集對被迫「現代化」、急速「工業化」的描述觸目驚心，曾經的農民、地主，變成了領取工薪的「工人」，生活中出現了礦山、製油工廠、制輾米工廠等從未聽說過的新事物，以及「共勵組合」等消費形式，還有許多不知名的稀奇事。生活看似工業化現代化了，帶來的卻是更大的苦難，不僅是物質上貧困，還有精神上荒蕪：

> 　　工業的擴展，擾碎了農村，農村生活的破碎，這礦工的生活便
> 抓住了他。
>
> 　　這現代工業生活的風景，氣勢顯得異常兇猛，空氣中充滿了各
> 種吵鬧的騷音，有時機械們巨大的響聲，幾乎震碎了每一個人的心
> 臟與神經。

〔註21〕爵青，新傳說〔J〕，小說家，1940（「藝文志」別輯），後改名為《潰走》，選
　　　　編入爵青小說選《歐陽家的人們》。這裡引自爵青代表作〔M〕，葉彤編，北京：
　　　　華夏出版社，1998：172。
〔註22〕施家堡，疑遲在小說《月亮雖然落了》（《明明》，第2卷 第3期，1937年）
　　　　虛構出的一個地名。

　　剛來到這裡的時候，他對於這黑色的煙，怪吼的騷音，感到一種興奮而有趣，同時更幻想著自己憑他一身氣力，每天勞作的代價，一定到老的時候會積蓄一點錢的。可是十幾年來的時光好像是飛一般的過去了，到現在賺到了什麼呢？……他眼見到許多夥伴，有的埋葬在礦坑裏，有的已經不知流轉那裏去了，現在只有他一個人忍受在這裡。〔註 23〕

　　自從變成傭工的生活以後，不知為什麼原因，他的性格時常煩躁，因此一有微末不如意的事，便會與老婆打得不可開交。

　　他從前本是守本分的一個農夫，可是現在完全改了性格。那個時候，一個錯錢也不會花的。現在卻常拿一天勞做得來的工資，跑到村中新開設的小酒館裏喝起酒來。〔註 24〕

日本殖民者為其「藍圖」瘋狂地推進所謂的現代工業，致使東北偏僻的農村迅速地「工業化」。王秋螢的作品暴露了殖民「現代化」的背後，是純樸的農民走向無望的墮落的生活。「滿洲國」時期東北民眾的心理創傷，無法用歷史數據的方法來敘述，秋螢的作品把那種歷史難以敘述的心理故事講出來，從這個意義上認識王秋螢和他同時代人的作品，他們的殖民現代化創傷書寫潛含著非常值得關注的內容。

　　那麼生活在偽滿洲國的日本人、朝鮮人和俄國人又如何？讀他們在偽滿寫作發表的作品〔註 25〕，除負有日本官方使命的「筆部隊」除外，那些隨著日本政府移民計劃裏挾而來的日本人和朝鮮人以及早期滯留在東北的俄羅斯人，他們的作品以望鄉、哀怨和苦難為主要基調，少見欣欣向榮的生活景象，異國的土地並非「樂土」。

　　日本人因其殖民者的位置該有更多的自由吧，在「滿洲」生活 20 年的稻川朝二路稱自己是個「連心的故鄉都失掉的孤獨者」，「我自幼就是在這氛圍裏

〔註 23〕王秋螢，礦坑〔J〕，文選，1940（2），後收入自王秋螢小說集《去故集》。這裡引自王秋螢，去故集，長春：益智書店，1941：163，159，164～165。

〔註 24〕秋螢，血債〔M〕，//秋螢，小工車，長春：益智書店，1941：111。

〔註 25〕偽滿洲國時期的「日系」「鮮系」「俄系」作品集，參見劉曉麗主編的「偽滿時期文學資料整理與研究」系列叢書，偽滿洲國日本作家作品集〔M〕，大久保明男，岡田英樹，等，選編，偽滿洲國俄羅斯作家作品集〔M〕，王亞民，杜曉梅，等選編，偽滿洲國朝鮮作家作品集〔M〕，崔一，吳敏，選編，哈爾濱：北方文藝出版社，2017。

成長的。我把此地當作無二的懷戀的故鄉歸來了。遙聳在北方的高鈴山的連峰，依然在接迎著我。在城市附近流著的那河川，也默默地在接迎著我。然而，在城市裏，到工場上工的工人們，卻被汽車濺著一身泥水，蒼白著臉在步行著。那個臉卻個個都是不認識的。」〔註26〕他回到故鄉——日本水戶，被「外外道道」的眼神望著，同鄉人彷彿在看一個外鄉人、外國人。而生活在「滿洲」的日本文人，《藝文指導要綱》公布後，他們也有「對文藝被迫從屬於『國策』的恐懼」。〔註27〕他們也不似「新滿洲」的快樂臣民。

　　朝鮮作家金鎮秀的小說《移民之子》描寫了朝鮮人在「滿洲國」的生活，隨朝鮮「開拓團」來「滿洲」的朝鮮農民，被「移民會社」的人欺騙，在沒有道路沒有房屋的地方艱難開荒求生。由於適應不了「滿洲」的冬天，有凍死的，有凍殘的，且不得不為「國家」勤勞奉公服役。小說還展現了朝鮮移民的精神狀態，因為連年欠收，「他們身上原有的勤勞和進取的風貌消失了，小小的村子裏開始需要白酒，他們只能用賭博掩蓋自己的倦怠。村子裏，大聲呵斥多了，歡聲笑語少了。剛剛從朝鮮來到此地的時候，家家都有充足的人手幹農活，但是三年來病死的病死，傾家蕩產的傾家蕩產。」隨後作者評論道：「村民們迫於生計來到這遙遠的地方生活，想的更多的是利害，而不是是非。他們需要的不是真相，而是溫飽，對於他們來說，沒有餘地去想那些事情。」〔註28〕

　　由此可見，偽滿洲國時期的「新滿洲」敘事有兩個面相，一顯一隱，顯的是日本殖民者的意識形態宣傳，隱的是對這種宣傳的解構。一面是把「文明」和「現代」帶給「原始」「荒蠻」的「新滿洲」敘事；一面是生活在「滿洲」的人們無以名狀的生活苦難和精神苦悶。即便建起了高樓大廈、花園城市、工廠礦山和四通八達的鐵路交通網，但這裡並沒有享受現代文明的順民，有的是無邊的苦難和尊嚴的喪失，有的是多種多樣或隱或顯的怨恨和控訴。

　　釐清偽滿洲國時期的「新滿洲」敘事的臺前幕後，再來看另外兩種「新滿洲」敘事。

　　那種民間的「懷舊」式的想像，與「滿洲國」時期的意識形態宣傳似有相

〔註26〕稻川朝二路，失了故鄉的人〔J〕，明明，1938-3（1）。
〔註27〕〔日〕岡田英樹，偽滿洲國文學〔M〕，靳叢林譯，長春：吉林大學出版社，2001：61。
〔註28〕金鎮秀，移民之子〔N〕，滿鮮日報，1940-9-14-27，這裡引自偽滿洲國朝鮮作家作品集〔M〕，崔一、吳敏編，哈爾濱：北方文藝出版社，2017：152。

同的敘事結構，只是在時間上存在一個倒轉。「滿洲國」時期的「新滿洲」敘事的時間線索是從過去到現在，過去的「滿洲」是落後的、低等的、貧苦的，而「滿洲國」把這裡變成了先進的、文明的、昌盛的「新滿洲」。而「懷舊」式的民間想像的時間線索是從今天到過去，今天的生活世界如此的了無生趣，而過去時的「滿洲」領先世界、發展迅猛。這種敘事意味著什麼呢？

這種民間的「懷舊」式的想像，其實與偽滿洲國沒有關係，而是對當下生活的不滿和批評，今天的東北人是在抱怨他們的生活，在批評當下的東北經濟狀況。回看東北 1949 年以來的歷史，我們會知道，今天的東北人有一股不平之氣。東北曾經是「共和國的長子」，工業生產和生活水平遙遙領先於國內其他地區。但是中國社會近 30 年發生了巨大的變化，曾經的國家重工業基地，共和國工業的領頭羊，因為產業重組和改革過程中的震盪和調試，與經濟上蒸蒸日上的中國東南部相比，東北人覺得委屈，「我們東北經濟怎麼與南方經濟相差如此之大呢？」那種「懷舊」式的民間想像，言說者只想抒發今天的不平之氣，他們根本不管不問偽滿洲國到底發生了什麼，也不關心偽滿洲國是什麼樣的存在，他們只想借之來表達對今天生活的不滿，不是真正意義上的懷舊，而用想像出的故事來批評此時此地的生活──今不如昔。在東北，抒發如此之感的人，大多是 1949 年以後出生的人，沒有經歷過偽滿洲國也不太關心偽滿洲國歷史，他們只是對今天東北經濟落後於中國其他地區表達不滿〔註29〕，這樣的情緒，隨著國家政策的調整，振興東北老工業基地，生活水平的提高，會逐漸消散，而這種民間「懷舊」式的敘事也會隨之消解。

那麼知識工作者的「科學研究」和「藝術描述」的「滿洲」敘事，與偽滿洲國時期的「新滿洲」敘事又是一種什麼關係呢？歷史學家經過大量的研究工作，告訴我們如此這般「客觀」的「事實」──工業發展迅速、藝術繁榮、建築堅固等等。就像描述一個與其他人類生活沒有關係的人類烏托邦實驗一樣，這個政治實驗是高效的。今天的歷史學向社會學靠近，用抽象的數據描繪人類生活，這樣一種描述被稱為「客觀」，但歷史是由人構成的，不僅僅是經濟發展或衰退的歷史。還有如作家村上春樹呈現的是審美式的書寫，這種「滿洲」敘事，與歷史學家的「客觀」敘事異曲同工，都是把偽滿洲國孤立化、對象化、切斷其與其他人類生活的關係，只作為審美對象來敘說。

─────────────

〔註29〕雙雪濤的《平原上的摩西》、班宇的《冬泳》、賈行家的《塵土》等新一代東北作家作品很好地表現了東北人的這種心態。

　　西澤泰彥《「滿洲」都市物語》〔註30〕一書的封底照片：前景是古典的堅
固的偽滿洲國時期的建築，背景是中華人民共和國1950年代的建築。看到這
樣的照片，我們感到了什麼？想到了什麼？這不是事實嗎──今不如昔？的
確，如果我們是來審美的，我們會給出這樣的答案。但是生活不是審美，歷史
學家不是審美家，歷史學家要給出建築物周邊環境──生活其中的人們的生
活細節和質地。僅僅用抽象的數字和建築樣式抑或其他藝術作品來描述一段
生活是不夠的，抽象數字、宏偉建築背後的故事，才是偽滿洲國的底色。洗淨
周邊環境的抽象描述，貌似中立的「事實」，實際上卻是截斷一個民族的生活
歷史，從外部給出社會生活標準，讓苦難的歷史變成了經濟增長的故事。我們
要說，這兩種建築坐落在不同的生活形式中，具有不同的功能和目的，背後有
著非常不同的故事內容，而這個故事得從1894年的中日甲午戰爭講起，從1904
年的日俄戰爭講起，從「大東亞」狂想講起，從日本殖民入侵東北講起。

〔註30〕〔日〕西澤泰彥，滿洲都市物語〔M〕，東京：河出書房新社，1996。

第二章 「滿洲文學」：誰的文學，何種文學，是否實存

　　上一章透視了「新滿洲」敘事背後的帝國主義邏輯：日本是先進的、文明的、有魅力的，而舊「滿洲」是落後的、低等的、有待教化的；舊「滿洲」正在被日本教化、改造為「新滿洲」。同時對「懷舊」的和審美的兩種「新滿洲」修辭之誤區進行了反省，對「日本開發滿洲的功罪與動機暫且不論，只需要記錄下來滿洲開發四十年的業績和經驗」〔註1〕這種抽象史學進行了批評。本章在東亞殖民主義理論視閾下考察「滿洲文學」概念。「滿洲」一詞雖有滿族和滿族聚居地的意思，但作為東北的地理稱謂不乏異國情調的殖民意味，主要由近現代俄羅斯人、日本人和西方人使用。「滿洲文學」原本是「關東州」〔註2〕日本人的專有名詞，泛指「關東州」日本人的文學。1932 年 3 月「滿洲國」被建立，「滿洲文學」的意義發生了轉變，在偽滿洲國各個族群中衍化出不同的含義，生成不同價值。殖民統治者日本人眼中「滿洲文學」搖擺於殖民地文學和「國策」文學之間，歸根結底是想用「滿洲文學」為其「五族協和」的「建國精神」服務，構建「滿洲國」的「合法性」，但其中也不乏文學精神的訴求。

〔註 1〕〔日〕大藏公望，滿州開發四十年史〔M〕，「滿洲」開發四十年史刊行會刊行，1964（序，無頁碼）。

〔註 2〕「關東州」，位於遼東半島南端旅順大連一帶，曾經先後被俄日強行租借。1905年，日俄戰爭後，日本從沙皇俄國手中奪去了中國遼東半島的租借權，將大連、旅順、金州、普蘭店以南地區統稱關東州，並設立了關東都督府，駐紮了關東軍。就這樣，將中國的旅大地區，變成了日本的殖民地。「關東州」出版的書籍，多以日本紀年方式標識出版時間。「關東州」日本人的文學被認為是日本國土延長線上的外地文學。

殖民統治下的中國文人並不接受這樣的「滿洲文學」，消解且轉化其意義，借「東北文學」「漠北文學」「無名文學」「北國文學」與「滿洲文學」交鋒。殖民統治夾層中朝鮮文人表面上認同「滿洲文學」是「國策文學」，實際上他們並不相信「滿洲文學」實存，而是利用「滿洲文學」概念獲取朝鮮語文學生存和發展的空間，使朝鮮語文學得以保存並進入日本文壇和世界文壇。「滿洲文學」概念，既是東亞殖民主義意識形態的一種建構，也是東亞文學場中文化權力／關係的競技場，殖民者欲利用文學為其新型殖民意識形態服務，同時生成了一種反殖民方式——借文學消解殖民統治。

第一節　殖民地文學？「國策」文學？

　　滿洲傀儡國出臺，日本文人曾圍繞何為「滿洲文學」展開了一場討論，時間主要集中於 1936～1937 年。原來身居「關東州」的日本文人首先要改變原有的「滿洲文學」觀念，開始在「建國」「國策」的語境下重新思考「滿洲文學」的主體、語言、性質和方向等問題，而前來「建設」「滿洲國」文化的日本文人聚居「國都」「新京」，他們也要重新定義「滿洲文學」，由此展開「大連意識」的「滿洲文學」和「新京意識」的「滿洲文學」的討論〔註3〕，也有學者稱之為是「主流派」「建設派」和「現實派」之間的「滿洲文學」討論〔註4〕。

　　綜觀討論內容，可以看出這場討論主要圍繞兩個議題：「滿洲文學」是誰的文學？「滿洲文學」是何種意味的文學？形成四種關於「滿洲文學」的看法。第一，「滿洲文學」是日本殖民地文學，即認為「滿洲文學」是日本文學的延長，日語應為「滿洲文學」的主要文學語言，「滿洲文學必須徹底是日本文學的一個流派，而且必須在其主流中貫徹現代日本文學的領導意識。」〔註5〕「把正確的日語向以滿人為首的異民族普及以及使他民族向日本民族靠近，這兩點意義尤其重大。比起由日本人翻譯滿人的作品，滿人自己用日語來寫作品才是方向。」〔註6〕第二，與之相對應的觀念是「滿洲文學」應是「滿洲」自己

〔註3〕「大連意識」和「新京意識」的提出，請參見岡田英樹，偽滿洲國文學〔M〕，靳叢林譯，長春：吉林大學出版社，2001。

〔註4〕「主流派」「建設派」「現實派」的提出，請參見單援朝，漂洋過海的日本文學——偽滿殖民地文學文化研究〔M〕，北京：社會科學文獻出版社，2016。

〔註5〕上野凌嶝，滿洲文化的文學基礎——何謂滿洲文學〔M〕//滿洲文藝年鑒（2），文話會編，長春：滿蒙評論社發行，1938：52。

〔註6〕橫田一路，滿洲文化雜感〔J〕，新潮，1940-37（6）。

的文學，是生活在「滿洲」這片土地上所有人的文學，「所謂滿洲文學，是對住在滿洲的五個民族各自發表的所有文學性產品的總稱，如果只培育其中的一種意識，就會使好容易剛剛萌芽的文學發生萎縮。」〔註7〕「無視日本人文學和滿人文學的協和就不可能有滿洲文學。」〔註8〕第三，「滿洲文學」是政治和文學結合統一的新型文學──「國策」文學／「國家」文學，文學為「建國」服務，為「國策」服務，時局性、政治性是評價文學的標準，「政治與文學的結合統一比起其他國家來，更望在滿洲國早獲成就。」〔註9〕當時「國家級」的「民生部大臣文學賞」的評價準則是：擁護「建國精神」及「回鑾訓民詔書」，宣揚「日滿一德一心」「民族協和」與「東方道德」。第四，與之相對應的觀念是維護「滿洲文學」的獨自性，避免文學成為政治的附庸，為政治服務。很多以文學為志業的日本文人都或多或少地持有這種主張，認為文學有文學固有的使命，例如青木實（1909～1981）、加納三郎（1904～1945）、角田時雄（1902～？）等，「政治性的範疇──這樣的觀念對文學本質的熱情難道不是有害無益嗎？文學存在於文學自身之中，我是主張文學至上主義的。」〔註10〕需要說明的是，這場討論雖然可以簡化為兩組問題四種觀念，但是這四種觀念並非彼此絕緣或對立，而是重疊交叉、排列組合生成繁多的「滿洲文學」觀念。比如殖民地文學觀念既可以與文學獨立觀念重合，又可能與「國策」文學觀念結合；「滿洲獨自文學」觀念常常與「國策」文學觀念重疊在一起，又可以與文學獨立觀念結合在一起等。

這場討論，我們看到「滿洲文學」在日本文人那裏並非鐵板一塊，也像「滿洲國」提出的其他新概念──「建國精神」「五族協和」「王道樂土」等一樣一直處於變動狀態。〔註11〕但是，這些參與討論的日本文人們，不論持有何種

〔註7〕青木實，滿洲文學的諸問題〔J〕，滿洲評論，1937-12（20）。

〔註8〕加納三郎，關於滿洲文化〔M〕，長春：作文發行所，1941：182。

〔註9〕橫山敏男，看不見前進的姿態──致在滿日系作家〔N〕，滿洲日日新聞，1941-7-25。

〔註10〕角田時雄，關於滿洲文學──讀了成小碓的論述〔M〕//滿洲文藝年鑒（2），（2），文話會編，長春：滿蒙評論社發行，1938：32。

〔註11〕「建國精神」，開始時標榜為建設「王道樂土」，實現「民族協和」。後來解釋為「日滿一德一心」「日滿一體不可分」。而「五族協和」，開始界定為日、漢、滿、蒙、朝五族，例如偽國務總理衙門的壁畫即日、漢、滿、蒙、朝五族少女共舞圖。後來出現另一種界定：日、滿、蒙、朝、俄五族，這種界定將漢、滿混在一起稱為滿洲族，當時流行的宣傳畫可以見到此種界定的五族。「王道」也在偽滿後期被日本的「皇道」取代。這些詞語意涵變動也可以說明偽國的虛假與虛無。

「滿洲文學」觀念，都基於這樣共同認知：承認「滿洲國」的存在，「滿洲文學」是「滿洲國」文學的代稱，相信日本人文學是「滿洲文學」的主流及引領者，日語是「滿洲文學」的方向。這些信念一直到「滿洲國」覆滅都沒有改變過。

第二節 「滿洲」文學？東北文學？

很多中國人作家，抗拒「滿洲文學」這種具有殖民意味的稱謂，以原有的「東北文學」對抗「滿洲文學」修辭。逃離「滿洲國」的作家，稱東北作家。1934 年以後，流亡到上海的東北作家蕭軍（1907～1988）、蕭紅（1911～1942）、舒群（1913～1989）、羅烽（1909～1991）、白朗（1912～1994）等被上海文壇接受，形成「東北作家群」，1936 年 9 月上海生活書店出版了以此命名的書──《東北作家近作集》。

留在「滿洲國」的中國文人們，一開始也以同樣的方式抗拒這個日語表達式──「滿洲文學」，但是「滿洲國」出臺了諸多文藝干預政策〔註 12〕，諸如報刊上禁用「東北」「東三省」表述。1934 年前後，出現了多樣的表達東北文學的方式，諸如駱駝生（1913～？）提出的「漠北文學」「無名文學」〔註 13〕，《滿洲報》上的「北國文壇」〔註 14〕等。不過「滿洲文藝」一詞也開始出現，歐陽博撰文《滿洲文藝史料》〔註 15〕。1937 年前後，「滿洲文學」一詞開始在中國文人間流通起來，這與日本文人在「滿洲國」的報刊上廣泛討論「滿洲文學」有關，也與「滿洲國」文藝干預政策相關，這一年，日偽的「弘報協會」言論統治嚴苛，關停了《滿洲報》《關東報》《大亞公報》《民報》《民聲晚報》《奉天日報》《奉天公報》。在「滿洲國」生活的文人如何談論本鄉本土文學，借用日本文人的「滿洲文學」概念比較便利，這其中有顯而易見的殖民地力學關係，但也暗含其他意圖。「滿洲文學」是一個有歧義的概念，可以是日本文人意指的「滿洲國」文學簡稱，還可以指「滿洲」／東北這個區域的文學。也就是說，對於東北在地中國文人來說，「滿洲文學」要比赤裸裸的「滿洲國」

〔註 12〕關於偽滿洲國文藝政策，請參加本書第三章第一節「偽滿洲國的文藝政策」。
〔註 13〕谷實，滿洲新文學年表〔N〕，盛京時報，1942-7-8，谷實即王秋螢。
〔註 14〕1934 年的《滿洲報》的「文藝副刊」有「北國文學」欄目，意用「北國文學」
　　　　指「東北文學」。例如，老穆，過去的北國文壇〔N〕，滿洲報，1934-10-26。
〔註 15〕歐陽博，滿洲文藝史料〔J〕，鳳凰，1934-2（3）。

文學聽起來不那麼刺耳。中日文人都觀察到了這種詞語運用上的變化，王秋螢（1913～1996）非常直接地點出「滿洲文學」源於何處，「滿洲事變前的文藝在當時統稱為『東北文藝』。這是因為滿洲位於中國北部，所以當時被稱為『東北文藝』。滿洲事變之後，『東北』這一詞已經再沒有人使用，但是並沒有提出更合適的名稱。近年來逐漸被稱作『滿洲文藝』，這就是日本人所說的『滿洲文學』。」〔註16〕這裡的「近年來」，即該文章中論述的東北文學的第三個時段「康德四年」（1937）以來的「滿洲文藝」。大內隆雄（1907～1980）也表示：「最近，我們可以看到滿洲文學這個詞在滿人中也開始通用起來。」〔註17〕文中的「最近」，即1937年。

使用「滿洲文學」最頻繁的是作家、文學史家、文藝評論家王秋螢，他撰寫了一系列「滿洲文學」的研究報告，《滿洲新文學之發展》（1937）、《滿洲新文學之蹤跡》（1937）、《滿洲文學史》（1938）、《滿洲新文學年表》（1942）、《建國十年滿洲文藝書提要》（1942）、《滿洲文壇史話》（1942）、《滿洲新文學史料》（1944），王秋螢用「滿洲文學」概念替代「東北文學」——「五四」以來的東北新文學。一目了然的《滿洲新文學年表》〔註18〕列出「康德元年」（1934）至「康德八年」（1941）的「滿洲新文學」，從1934年駱駝生發起的「漠北文學青年會」到1941年的「新京」益智書店出刊《學藝》，均為東北的新文學社團組織、文學作品、報紙文學副刊、文學刊物、文學活動等，隻字未提所謂的「日系文學」「鮮系文學」「俄系文學」「蒙系文學」。這份文學年表顯示出「滿洲文學」是中國「五四」新文學運動延長線的文學生產方式、文學活動形式以及文學作品樣式。而且《滿洲新文學年表》標題就是直接沿用了「新文學」這個中國新文化運動以來的文學概念。不僅王秋螢這樣看待「滿洲文學」，我們梳理一下其他中國文人發表的有關「滿洲文學」「滿洲文藝」「滿洲文壇」的論述，例如夷夫（1916～1979）《滿洲文壇的幾個問題》〔註19〕、季守仁（1911～1968）《滿洲文壇結算與展望》〔註20〕、杜白雨（1918～2014）《滿洲文學

〔註16〕王秋螢，滿洲文藝史話〔M〕//大內隆雄，滿洲文學二十年，長春：國民畫報社，1944，這裡引自大內隆雄，滿洲文學二十年〔M〕，高靜譯，哈爾濱：北方文藝出版社，2017：178。
〔註17〕大內隆雄，關於滿人作家〔M〕//滿洲文藝年鑒（1），G氏文學賞委員會編，1937。
〔註18〕谷實，滿洲新文學年表〔N〕，盛京時報，1942-7-8\7-15。
〔註19〕夷夫，滿洲文壇的幾個問題〔N〕，滿洲報，1936-9-18。
〔註20〕季守仁，滿洲文壇結算與展望〔N〕，大同報，1940-2-13，季守仁即吳郎。

與作家》〔註 21〕、山丁（1914～1997）《閒話滿洲文場》〔註 22〕、季瘋（1917
～1945）《滿洲文壇雜感》〔註 23〕、吳郎（季守仁）《一年來的滿洲文藝界》
〔註 24〕、爵青《今日的滿洲文學》〔註 25〕等等，他們對「滿洲文學」的性質和
方向持有不同觀念，展開過爭論，諸如很多學者討論過的「鄉土文學」和「寫
印主義」的爭論等〔註 26〕，但是這些中國文人都堅持借用「滿洲文學」代稱
「東北文學」──五四傳統脈係下的中國新文學，儘量避免落入日本文人的
「滿洲國」文學的「滿洲文學」概念。

　　不僅如此，中國文人還間接地回應了所謂的日本文學引領並主導「滿洲文
學」的觀念。杜白雨的《滿洲文學與作家》談起「滿洲文學」的傳統及未來的
方向，文學的「嬰兒期──這時期，正是那驚天動地的五四狂飆期」，而未來要
學習「上自莎士比亞底《哈夢雷特》，西萬提斯底《唐吉歌德》，下至託斯退亦
夫斯基底心理描寫，屠格涅夫底自然的描寫，以及魯迅底啊 Q 等，都是絕好的
前鑒」。〔註 27〕留學日本出版過日語詩集的杜白雨，在談及「滿洲文學」要借
鑒的文學經典時，沒有提及一部日本著作。而論及「滿洲文學」的代表作家，
是「古丁底僵屍底刻畫，吳瑛底粗野底言語，小松底現代都市青年底分析，石
軍底農村底暴露，以及爵青底頹廢典型底創造等等」〔註 28〕。也沒有提到任何
「日系」作家。1942 年，吳瑛（1915～1961）編輯《滿洲文藝》大型純文學雜
誌，雖然冠以「滿洲文藝」，但刊出的都是「東北文學」──五四傳統脈係下的
中國新文學作品，「小說《熊》《覓》《杏花村》《地獄層》和獨幕話劇《夜航》
均以廣大的滿洲作為背景，如《杏花村》村長和鄉紳的鬥爭，反映出為鬥爭所
犧牲的無知無識的人群，再如《地獄層》描寫一群魔鬼，在沒有太陽照耀的地
獄生活著，描繪出一個民族的頹廢與悽愴，均為力作。爵青的《人鬼通靈錄》，

〔註 21〕杜白雨，滿洲文學與作家〔J〕，文學人，1940（2）。
〔註 22〕山丁，閒話滿洲文場〔J〕，華文大阪每日，1940-4（5）。
〔註 23〕季瘋，滿洲文壇雜感（上）（下）〔J〕，華文大阪每日，1940-5（2），5（3）。
〔註 24〕吳郎，一年來的滿洲文藝界〔J〕，華文大阪每日，1943-10（4）。
〔註 25〕爵青，今日的滿洲文學〔J〕，青年文化，1943-1（5）。
〔註 26〕「鄉土文學」和「寫與印」的爭論，參見王越，抗戰時期東北地區作家群落研
　　　　究〔M〕，長春：吉林大學出版社，2020。
〔註 27〕杜白雨，滿洲文學與作家〔J〕，文學人，1940（2），當時的譯名與今通用譯名
　　　　有差異，哈夢雷特，今譯哈姆雷特；西萬提斯，今譯塞萬提斯；唐吉歌德，今
　　　　譯堂吉訶德；託斯退亦夫斯基，今譯陀思妥耶夫斯基。
〔註 28〕杜白雨，滿洲文學與作家〔J〕，文學人，1940（2）。

是用遠離了真實的警句來向濫用智慧者說教，進一步開創了哲理小說的創作先例，梅娘三部曲的第二部《蚌》。全部發表於此，一群女們似蚌般的生活為故事主題，也是相當感人的。」〔註29〕吳郎如此評價僅出一期的《滿洲文藝》，即「滿洲文學」在現實主義、現代主義和女性議題三個方向上接續傳統開啟未來。

不過，隨著太平洋戰爭的爆發，「滿洲國」赤裸裸地暴露其日本殖民地的面目，施政意識形態由「王道」變為「皇道」，「日滿」之間的關係，從「友邦」「盟邦」變成「親邦」。溥儀在「建國十週年詔書」中把「日滿」關係直接定位為「父子」。「滿洲國」的文壇進入了更嚴酷的時期，1943年，竟然出現「滿系」作家向日偽官方提交的出版動向報告書《首都警察的偵探、檢閱報告書》〔註30〕，此時的「滿洲文壇」已經被綁在了日本戰車上了。中國文人中出現了關於「滿洲文學」的激進表述。爵青在上海《文友》雜誌撰文《關於滿洲文學——由內面的及精神的考察》，這樣描述「滿洲文學」：第一，「滿洲文學是大東亞文學的萌芽之一」；第二，「滿洲文學完全是國家文學，離開滿洲國是不能談論滿洲文學的」；第三：「滿洲文學是有組織性的國民行為」；第四：「滿洲文學正向完遂聖戰邁進。」〔註31〕這些言論完全倒向了日本人所提倡的「滿洲文學」論，甚至更為激進。不過，這篇文章毫無論證、行文雜亂、不知所云，觀點提出是斷言式的。而且在此還可以讀出「滿洲文學」現狀的報導：「滿洲文學是有組織性的國民行為」，世界上唯有「滿洲文學」，是「在全國唯一的組織結構之下，接受國家指導援助，集中全國文學者的總力，向國家目的邁進的。……滿洲文學的活動，和國家的方針，同在並進，充分地完成著文學的國民行為的使命」〔註32〕。一位作家，這樣報導「滿洲文學」現狀，是不是也能解釋該篇文章何以如此激進地描述「滿洲文學」？

第三節　進軍「滿洲文壇」？再造「朝鮮文壇」？

「滿洲國」的朝鮮人始終是日偽殖民統治政治上和文化上的難題。根據

〔註29〕吳郎，一年來的滿洲文藝界〔J〕，華文大阪每日，1943（10）。

〔註30〕當時古丁、爵青、張文華等在偽出版協會任職，負責文藝書籍的檢查工作，據〔日〕岡田英樹考證，《首都警察的偵探、檢閱報告書》（1943）出自他們之手。參見岡田英樹，首都警察之特務工作實態〔M〕//岡田英樹，偽滿洲國文學・續，鄧麗霞譯。哈爾濱：北方文藝出版社，2017。

〔註31〕爵青，關於滿洲文學——由內面的及精神的考察〔J〕，文友，1945-5（4）。

〔註32〕爵青，關於滿洲文學——由內面的及精神的考察〔J〕，文友，1945-5（4）。

「滿洲國」的所謂《建國宣言》，居住在「滿洲」的朝鮮人應為「滿洲國」「國民」，而且是構成「新國家」原始居民，與漢族、滿族、蒙族、日本人一起構成「五族協和」的「國策」民族。但是根據《日韓合併條約》，朝鮮人又是日本帝國的「臣民」，以「鮮系日本人」的身份接受朝鮮總督府的統治。而且，1936 年起日本在朝鮮推行「內鮮一體」，實行激進的日語同化政策，禁止朝鮮語的文化產品刊行〔註33〕，而「滿洲國」提倡「五族協和」，可以多族語言文化並存，也就是說在「滿洲國」可以「合法」地使用朝鮮語進行文化生產。這些處於日本殖民統治夾層中的朝鮮文人，又是如何看待「滿洲文學」呢？

1936 年，朝鮮半島頒布了禁止朝鮮語教學與寫作的法令之後，很多朝鮮文壇知名文人來到偽滿洲國，包括文壇領軍人物廉想涉（1897～1963）、詩人白石（1912～1996）、小說家姜敬愛（1906～1944）等。這些新移住的朝鮮作家與「九一八」事變之前因各種原因移居東北的「在滿朝鮮人作家」，以偽滿洲國「鮮系」作家身份展開了一系列朝鮮語文學活動。金在湧和李海英兩位學者對「鮮系」的文學活動有系列研究〔註34〕，金在湧側重研究偽滿洲國之後移居「滿洲」的朝鮮作家，他們如何在「內鮮一體」和「五族協和」的疊層與夾縫中尋求朝鮮文學的存在之路；李海英區分「滿洲國朝鮮文學」與「在滿朝鮮人文學」〔註35〕，側重研究以安壽吉為主的早期移民的朝鮮作家，他們如何基於「五族協和」統治理念謀求「朝鮮人自治」的文學。兩位研究者都突出了這些朝鮮文人各懷目的進軍「滿洲文壇」、投入「鮮系」文學建設的姿態，我們這裡要探求這種積極姿態背後——朝鮮文人對「滿洲文學」的態度。

在滿朝鮮作家，在「滿洲國」文壇被統稱為「鮮系」作家，他們願意認同「滿洲文學」是「五族協和」的「滿洲」獨自文學，是生活在這片土地上所有

〔註33〕事實上，在朝鮮半島，即使在禁令頒布之後，朝鮮語的創作和發表也小範圍地存在著。

〔註34〕參見李海英、〔韓〕金在湧合作主編系列叢書，例如《韓國文學的跨語際符碼——「滿洲」》（2014）、《韓國文學中的中國書寫》（2015）、《記憶與再現》（2016）、《韓國普羅文學與中國東北》（2018）等，均由上海：上海交通大學出版社出版。

〔註35〕「滿洲國朝鮮文學」即「滿洲文壇」的「鮮系」文學；「在滿朝鮮人文學」是指朝鮮半島文學在「滿洲」地區的延伸。見李海英，偽滿洲國「鮮系」文學建設與安壽吉〔M〕//韓國文學的跨語際符碼——「滿洲」，李海英，〔韓〕金在湧編，上海：上海交通大學出版社，2014：4。

人的文學，即「日系」作家青木實所說：「所謂滿洲文學，是對住在滿洲的五個民族各自發表的所有文學性產品的總稱。」〔註36〕他們要在這樣的「滿洲文學」體系中謀取朝鮮語文學的生存空間，只有多語種的「滿洲文學」才能給予朝鮮語文學延續和發展的機會，為此他們籌劃進軍「滿洲文壇」，並希望在其中佔有一席之地。「鮮系」知名作家安壽吉（1911～1977）鼓勵在「滿」鮮系作家爭取獲得「滿洲文壇」的官方文學獎——「民生部大臣文學賞」。廉想涉在為安壽吉個人作品集《北原》作序時寫道：「認真貫徹實踐『五族協和』政策，在協和精神指引下，加強與日系、滿系文學界的聯繫，協和共助，共同致力於滿洲國文化建設。」〔註37〕當時世界上唯一公開發行的朝鮮語報紙《滿鮮日報》在「滿洲」，該報在1940年初開設了「滿洲朝鮮文學建設新提議」專欄，從1月12日到2月6日共編發了20期，發表了10位作者的評論文章，基本網羅了當時有影響力的朝鮮作家〔註38〕，他們為「如何在滿洲文壇建設朝鮮文學」提出建議、展開討論。欄目編者前言聲稱：「能夠向世界告知我們的存在，完全取決於我們的力量。」〔註39〕可見其對在「滿洲」建設朝鮮文學的重視，並且深感這項任務意義重大。

1940年3月22日《滿鮮日報》報社組織了「內、鮮、滿文化座談會」〔註40〕，希望藉此打破以前「鮮系」一直以來未能跟「日系」「滿系」文化團體或文化人相互聯繫的局面。但是「內、鮮、滿文化座談會」這個題名也暴露出端倪，為什麼不是「日、鮮、滿文化座談會」？「內」是殖民地朝鮮對宗主國日本的稱呼，朝鮮半島在日本看來是作為日本帝國國土延長線上的「外地」，日本就成了朝鮮的「內地」。從這個座談會的名稱，我們也可以看出朝鮮文人對「滿洲文學」的另外一種態度，一方面他們願意認同「滿洲文學」是「五族協和」的「滿洲國」獨自的文學，想作為五族之一「鮮系」編入「滿洲文學」；

〔註36〕青木實，滿洲文學的諸問題〔J〕，滿洲評論，1937-12（20）。

〔註37〕廉想涉，北原·序〔M〕//安壽吉，北原，延邊：藝文堂，1943。這裡轉引自李海英，偽滿洲國「鮮系」文學建設與安壽吉〔M〕//韓國文學的跨語際符碼——「滿洲」，李海英，〔韓〕金在湧編，上海：上海交通大學出版社，2014：9。

〔註38〕包括黃健、尹道赫、朴榮濬、安壽吉等，其中大部分文章收錄在 偽滿洲國朝鮮系作家作品集〔M〕，崔一、吳敏編，哈爾濱：北方文藝出版社，2017。

〔註39〕「滿洲朝鮮文學建設新提議」編者按〔N〕，滿鮮日報，1940-1-12，漢語本文見 偽滿洲國朝鮮系作家作品集〔M〕，崔一、吳敏編，哈爾濱：北方文藝出版社，2017：438頁。

〔註40〕該座談會記錄稿連載於《滿鮮日報》，1940年4月5～11日。

另一方面他們又不承認「日系」是複合「滿洲文學」之一系，而是把「日系」看作是日本「內地文學」的延長。這裡透露出兩種信息，一是對「滿洲文學」的不信任，假如沒有「日系」就不會有「滿洲文學」，而是只有「滿系」的「東北文學」；二是認為「滿洲文學」就是日本中央文壇的延伸。座談會記錄中《朝鮮文學和內地文壇》一節，《滿鮮日報》的李甲基關心的問題是：朝鮮作家如何進入「內地文壇」「內地語文壇」，而不是進入「滿洲文壇」。在《滿語文壇的傾向即「沒有方向的方向」之旗幟》《國民文學的建設！在滿洲也會有所考慮嗎？》《滿洲的國策希望 文學健全的發展》三節中，李甲基提出的問題是，「鮮系」作家加入文化組織「文話會」以後，「文話會」將如何介紹推廣「鮮系」文學，未來是否會強制「鮮系」用日語寫作等問題。這裡表明，「鮮系」作家之所以想加入「滿洲國」的文化組織，進入「滿洲文學」體系，第一在意的是想借其推廣朝鮮文學，第二在意的是他們在這個體系中是不是可以保證用朝鮮語寫作。如何推廣朝鮮文學，在殖民地時代的朝鮮文人眼界中，進入「內地文壇」、被翻譯成日語是唯一的通道，他們希望朝鮮語文學能與「滿洲」的漢語文學一樣，被翻譯成日語在日本刊行。當「鮮系」與「滿系」進行文學交流時〔註41〕，「鮮系」關心的不是「滿系」具體作品或創作方法，而是這些「滿系」作家作品如何被翻譯成日語在日本刊行〔註42〕。「鮮系」作家是否可以用朝鮮語寫作，未來是否會強制「鮮系」使用日語寫作的問題，李甲基問得非常含蓄，他問：「如果在滿洲創設國民文學，那麼應該需要國語的統一吧？」李甲基這裡說的「國語」即「日語」。「日系」作家大內隆雄回答既含糊又清晰：「在遙遠的將來，這個是應該考慮的問題。但現在還是有必要使用各自的語言創作。」這是「鮮系」作家最關心的問題所在，不知道遙遠有多遠，現在至少在「滿洲國」得到了朝鮮語作文的機會。1942 年「鮮系」作家高在騏在中國人雜誌《新滿洲》上直接說出：「在這個國家的語言問題，是規定滿洲文學概念最重要的一個要素。」〔註43〕

〔註41〕關於「滿鮮」文學交流的研究，參見謝瓊，被忽視的凝視：偽滿洲國「內鮮滿文學」交流新解〔J〕，瀋陽師範大學學報，2018（6）。

〔註42〕當時已經有兩部「滿系」日譯作品集在日本出版，《滿人作家小說集 原野》（大內隆雄譯，三和書房，1939 年）和《滿人作家小說集第二輯 蒲公英》（大內隆雄譯，三和書房，1940 年）。「滿系」的作品被翻譯成日文情況，參見〔日〕岡田英樹，在滿中國人作家的日譯作品目錄〔M〕//創傷——東亞殖民主義與文學，劉曉麗、葉祝弟編，上海：上海三聯書店，2017。

〔註43〕高在騏，在滿鮮系的文學〔J〕，新滿洲，1942-4（6）。

這些朝鮮文人表面上認同「滿洲文學」是「五族協和」的「國策文學」，但實際上他們並不相信「滿洲文學」，也無意進軍「滿洲文壇」，而是僅僅想利用「滿洲文學」概念獲取朝鮮語文學的權利和空間。在母國文壇母語文學被窒息的情況下，想在「滿洲」再造「朝鮮文壇」，讓這個文壇繼承朝鮮文學的正統，等待時機返回朝鮮，並走向世界。「母體文壇正在處於窒息狀態。對外喪失語言和文字，對內深陷於對外關係導致的內向心理，活力早已喪失殆盡。可見，母體文學的將來難以斷言。明天會怎樣，明年又會怎樣？我們朝鮮語文學的光輝傳統由滿洲的朝鮮文學來繼承的日子為期不遠，這種觀點是我的妄想嗎？滿洲朝鮮語文學的成長，自身的建設固然意義重大，為了未來繼承朝鮮語文學的正統，也應該具備相應的基礎和實力。」〔註44〕安壽吉在《滿鮮日報》開設的「滿洲朝鮮文學建設新提議」專欄連續撰文三篇《滿洲早先就有朝鮮文學》《以間島為中心的朝鮮文學，其發展過程與現階段》《文壇建設的具體方案與文學人的活躍》〔註45〕，將「滿洲朝鮮文學建設」改稱為「滿洲朝鮮文學的重建」，分析在滿朝鮮語文學現狀，指出未來的方向，「夢想進軍朝鮮中央文壇也好，夢想進軍日本文壇也不錯，夢想進軍世界文壇更好。……筆者相信，我們在自己生活的滿洲堅實地開展文學互動，就能打開進軍朝鮮、日本、世界文壇的路。」〔註46〕安壽吉明確說出「滿洲」朝鮮人文學的現壯和未來出路。

第四節 「滿洲文學」的破產與「大東亞文學」的虛無

日本在中國東北炮製出的「滿洲國」，是一種帝國主義新型殖民方式，既不同於西歐老牌帝國主義的殖民方式，也不同於日本早期殖民臺灣、朝鮮的方式，「滿洲國」號稱是一個複合民族的東方現代的獨立「國」，推行一套看似「美好」的意識形態：「五族協和」「王道樂土」。為了配合新型殖民方式的意識形

〔註44〕 李敏求，文學，請走上現實之路——尤其對於滿洲文學作品而言〔N〕，滿鮮日報，1940-6-1、6-2、6-3、6-4、6-5。中文翻譯版見崔一、吳敏編，偽滿洲國朝鮮系作家作品集〔M〕，哈爾濱：北方文藝出版社，2017：431。

〔註45〕 三篇文章刊於《滿鮮日報》1940年2月1日、2日、3日。中文翻譯版均收入崔一、吳敏編，偽滿洲國朝鮮系作家作品集〔M〕，哈爾濱：北方文藝出版社，2017。

〔註46〕 安壽吉，文壇建設的具體方案與文學人的活躍〔N〕，滿鮮日報，1940-2-3，中文翻譯版見崔一、吳敏編，偽滿洲國朝鮮系作家作品集〔M〕，哈爾濱：北方文藝出版社，2017：458。

態宣傳，在文化上構建出了「滿洲文學」，許諾各民族可以用自己的民族語言創作文學作品，引導文學為「國策」服務。軍事鎮壓、經濟掠奪之外，計劃通過由上而下的文化同化工程，控制殖民統治下的各民族。「滿洲國」是日本構想的東亞殖民主義原型，其後日本推出的「大東亞共榮圈」以「滿洲國」為理念；「大東亞文學」以「滿洲文學」為範式。

　　殖民者欲利用文學為其新型殖民意識形態服務，在殖民地卻生成了一種新型的消解殖民統治的方式——借文學消解殖民統治、殖民文化，延續自己民族文化傳統。殖民者欲利用「滿洲文學」為其「五族協和」的「建國精神」服務，構建「滿洲國」的「合法性」。但是，「滿洲文學」在「滿洲國」各個族群中衍化出不同的含義，生成不同價值。殖民者日本人眼中的「滿洲文學」搖擺於殖民地文學和「國策」文學之間，但也衍生出追求文學精神的訴求，在「滿洲文學」名義下創作出暴露「滿洲」黑暗現實的作品。殖民統治下的中國文人並不接受「滿洲文學」，消解且轉化其意義，借「東北文學」「漠北文學」「無名文學」「北國文學」與「滿洲文學」交鋒。殖民統治夾層中朝鮮文人表面上認同「滿洲文學」是「國策文學」，實際上他們並不相信「滿洲文學」實存，而是利用「滿洲文學」獲取朝鮮語文學的權利和空間。從「滿洲文學」實績來看，「成績」不凡，「日系」「滿系」「鮮系」和「俄系」，都生產出大量的文學作品〔註47〕，但其中絕大部分作品是在消解殖民者建構的「滿洲文學」，消解殖民意識形態，漢語文學在延續中國「五四」新文學傳統，朝鮮語文學在領土之外接續傳統再造文化「領土」，「滿洲文學」的文學實績也同樣宣布了「滿洲文學」的破產。而以「滿洲文學」為範型的「大東亞文學」，宣布「大東亞共榮圈」內各國文學服務於「大東亞戰爭」，各國文學者要為「完遂聖戰」而創作，其腔調、形式與構成完全傚仿「滿洲文學」，目的更加赤裸裸。關於「大東亞文學」概念的考察當另撰文專述，本章旨在討論「滿洲文學」概念，經由「滿洲文學」透露出「大東亞文學」的虛無。

〔註47〕偽滿洲國各族群作品，參見劉曉麗主編「偽滿時期文學資料整理與研究·作品卷」（15 冊），哈爾濱：北方文藝出版社，2017。

第三章　異態時空中的文學

談到文藝，自從關裏關外隔絕之後：一方面藉著外國文學吸收世界的思潮，一方面就不得不另立門戶，獨自走上所謂滿洲文藝的路子，為功為罪，跟誰說，不過呈現一種嶄新的姿態，卻是事實。〔註1〕

——李文湘

現時滿洲文學的作家，有滿系、有日系，也有幾位白俄作家。隨著個性，他們寫的東西都有他們獨特的地方。題材也是很豐富的，各有差異。可是，綜觀他們的作品時，我們可以發現滿洲文學的顯著的特色，那就是雄大性，是遒強的性格。〔註2〕

——大內隆雄

如何描述這種「新的姿態」「顯著特色」，筆者曾用「異態時空中的文學」來描述〔註3〕。偽滿洲國的文學，很難裝入已有的中國現代文學史描述框架，緊張而充滿變數的 14 年，一切處在不穩定之中。「國策」從「王道」到「皇道」；「五族協和」從「日、漢、滿、蒙、朝」到「日、滿、蒙、朝、俄」；文藝政策從「建國文學」到「戰爭文學」；寫作者也一直在流動中，有些作家因為政治原因被迫流亡甚至被捕被殺〔註4〕，從日本、朝鮮半島流入很多作家；

〔註1〕李文湘，過去十四年的詩壇〔J〕，東北文學，1946-1（2）。
〔註2〕大內隆雄，牝虎‧序〔M〕//拜闊夫，牝虎，曲舒譯，長春：「新京」書店，1943。
〔註3〕劉曉麗，異態時空中的精神世界——偽滿洲國文學研究〔M〕，上海：華東師範大學出版社，2008，該書修訂版，哈爾濱：北方文藝出版社，2017。
〔註4〕關於漢語作家的流動情況，可以參閱張泉，殖民拓疆與文學離散——「滿洲國」「滿系」作家／文學的跨域流動〔M〕，哈爾濱：北方文藝出版社，2017。

「滿洲國」由「夢境」到「幻境」到死滅。這種存在狀態及文學形態可以用「異態時空的文學」來概括。只是，限於材料等原因，筆者當時（2008 年）只對漢語和日語作家及作品進行了發掘和描述，沒有綜觀到「滿洲國」其他族群、其他語種的文學創造，納入眾多生活在此的多民族作家作品將更能彰顯東亞殖民主義文學的複雜性及其特殊症候。日偽提倡的「滿洲文學」成為東亞文學演練場，為東亞被壓迫民族文學提供了發表場域，多語言多國族的文學想像、文學作品，為重新描述中國現代文學和東亞文學提供了契機。

滿洲傀儡國，號稱「複合民族的現代國家」，在其所謂的「建國宣言」中宣稱「五族協和」，而且試圖在種族差異基礎上建立一套「滿洲國」的政治認同、身份認證體系。生活在東北的漢人、滿族人、日本人、俄羅斯人、朝鮮人、蒙古族人、回族、赫哲族、鄂倫春族等，他們在政治認同、民族認同以及信仰、階層、語言等方面呈重層多元狀態，具體到文學作品，也呈現出多國族、多語種的特點，其中有中國人漢語文學，日本人日語文學，俄羅斯人俄語文學和朝鮮人朝鮮語文學等，當時文壇稱其為：「滿系文學」「日系文學」「鮮系文學」「俄系文學」「蒙系文學」。

需要說明的是，傀儡國剛剛設立時，所謂的《建國宣言》聲稱：「凡在新國家領土之內居住者，皆無種族歧視、尊卑之分別。除原有之漢族、蒙族、滿族及日本、朝鮮各族外，及其他國人，願長期居留者，亦得享平等之待遇，保障其應得之權利，不使其有絲毫之侵損。」〔註5〕也就是說按此「宣言」五族即「漢、蒙、滿、日、朝」。不久，偽政權就重新劃分五族，將漢族、滿族、回族等東北原住民命名為「滿人」／「滿系」／「滿洲人」，通用的漢語被稱為「滿語」，而把 1932 年 3 月以後由關內「入境」的漢族、滿族等稱為中國人，「五族」內容也隨之調整為：「日、滿、鮮、俄、蒙」。在按族群的文學分類上，把用漢語寫作的漢族、滿族和回族等人的作品稱為「滿系文學」，日本人的創作稱為「日系文學」，朝鮮人的創作稱為「鮮系文學」，俄羅斯人的創作稱為「俄系文學」，《新滿洲》第 3 卷第 11 期（1941 年）曾經刊出「在滿日滿鮮俄各係作家展」專欄，可見這種分類不僅僅是文學批評家、文學史家在用的概念，媒體也約定俗成地使用這些概念。這套文學區分的概念到了宗主國日本，又有了另外的變形。在日本本土，「鮮系」是不被承認的一系，在日本出

〔註 5〕「偽滿洲國建國宣言」（偽政府公告），偽大同元年四月一日（1932），收入滿洲新六法〔G〕，長春：「滿洲行政學會」，1937：16。

版的《日滿俄在滿作家短篇選集》〔註6〕收入了「日系」「滿系」「俄系」作家
作品；川端康成等人編輯的《滿洲國各民族創作選集》〔註7〕收入了「日系」
「滿系」「俄系」和「蒙系」作家作品；日本主導的三次「大東亞文學者大會」
也沒有一名偽滿洲國「鮮系」代表。也就是說，以宗主國日本的視角來看，朝
鮮是日本國土的延長線而已，不存在朝鮮人，只有外地的「半島人」「日系韓
人」「二等皇民」。在這個意義上偽滿洲國展示和談論「鮮系」作家作品，本身
就彰顯了日本帝國內部不能化解的內在矛盾。

　　本章首先梳理「滿洲國」的文藝政策，其次借助「滿系文學」「日系文學」
「鮮系文學」「俄系文學」「蒙系文學」的分類，勘查異態時空中的文學，不僅
要概述各個語族文學的樣態及狀貌，還要在殖民統治的具體語境中探入各個
語族作者作品深處，細察東亞殖民主義與文學的關係，例如在何種情況下如何
抗爭和抵抗，而這些抗爭和抵抗是否又不經意間落入了殖民者的邏輯；在何種
境遇中如何迎合併協作，而這種迎合和協作的背後是否包含了有別於殖民主
義的政治訴求；在欲利用殖民統治當局的政策並與之周旋的危險嘗試中，殖民
傷痕如何刻印在人們的精神深處，由此呈現滿洲傀儡國的盤根錯節的精神印
記，清理東亞殖民主義帶來的纏繞的苦難、重層的創傷。

第一節　「滿洲國」的文藝政策〔註8〕

　　本書導言提示東亞殖民主義的一個重要特點，是注重殖民統治空間的文
化問題，干預文化生產、文學事業，一方面鼓勵殖民統治區的文化生產，一方
面又鎮壓具有抵抗意識的文化產品。日本把殖民統治下的東北包裝成「滿洲
國」——一個不合法的政體，國際聯盟和中國政府都不予承認，偽國的統治者
希望能夠通過文化事業為其建構「合法性」，一方面鼓勵文藝創作，特別是有利
於宣傳其偽國策——「五族協和」「王道樂土」的作品；一方面打壓揭露、威脅
其統治政體的作品，特別是反滿抗日作品，為此制定多種多樣的文藝政策。

〔註 6〕山田清三郎編，日滿露在滿作家短篇選集〔M〕，東京：春陽堂書店，1940。
〔註 7〕『滿洲國各民族創作選』（編輯署名：「當地一側」：山田清三郎、北村謙次郎、
　　　　古丁；「內地一側」：川端康成、岸田國士、島木健作），東京：創元社，第一
　　　　卷，1942 年；第二卷，1944 年。
〔註 8〕本節部分內容來自拙作《異態時空中的精神世界——偽滿洲國文學研究》（上
　　　　海：華東師範大學出版社，2008 年），為本章內容需要，引用在此，內容有修
　　　　訂。

偽滿洲國時期的文藝政策分為兩個階段。第一階段以宣傳「建國精神」為主，提倡「國策文學」。這一階段持續到太平洋戰爭爆發後，制定了一些和文藝相關的法令、制度、綱領。第二階段即太平洋戰爭爆發後，文藝產品也被組織到戰爭系統之中，成為戰爭的一部分，以「服務戰爭」「服務時局」為基調，提倡「報國文學」。其目標是建立文藝家和文藝團體的總動員體制，力求把言論、文化機構、文人和活動都引向服務戰爭的軌道。前後兩個階段都伴隨著鼓勵和鎮壓。此外，除了具體的文藝「政策」和相關法令，控制文藝的「機關」也多種多樣，偽政府相關機構、日本關東軍、憲兵隊、特高課〔註9〕、警察、通訊社，以及各種文藝組織等。各懷狂想的文化官僚妄想在偽國構建一種新型文化──「國策」文化／「國家」文化，文化為「國策」服務、為戰爭服務。「政治與文學的結合統一比起其他國家來，更望在滿洲國早獲成就。」〔註10〕世界上唯有「滿洲文學」是「在全國唯一的組織結構之下，接受國家指導援助，集中全國文學者的總力，向國家目的邁進的。……滿洲文學的活動和國家的方針，同在並進，充分地完成著文學的國民行為的使命。」〔註11〕

偽滿洲國之初，行政機構中設置了政治宣傳機構──「弘法處」（1932），掌管「一、關於宣傳建國及施政精神事項；二、關於涵養民力及引導民心向善事項；三、關於普及自治思想事項」〔註12〕統管新聞文化和各種出版物，強制新聞報刊及其他出版物宣傳「建國」和「施政」精神。當時的文化統制情況，「滿洲國」文化名流穆儒丐（1884～1961）如此描述：「滿洲報紙，在建國以前，乃中日俄，三國自由發展時代，至建國後，……對於滿洲報紙，無問其為日文華文均行以統制，以據地域及人口之比率，使散在各地及糜集一地區或一大都市之報紙，施行收買或統合辦法，於是向來毫無規制之新聞事業，至於均須直隸於弘報協會監督之下，而有所同屬矣，以南滿地區而言，奉天存留二紙，即《盛京時報》暨《醒時報》，此外如《大亞公報》等各紙，均行停刊。大連

〔註 9〕憲兵隊，日本陸軍七個兵種之一，為軍內警察，還兼任行政、司法警察功能。特高課，隸屬於東京警察視廳的特別高等警察，專門彈壓民眾思想言論、出版、政治活動。憲兵隊和特高課在日本本土和戰爭期間的海外佔領地都是專司政治鎮壓的超級警察。

〔註10〕橫山敏男，看不見前進的姿態──致在滿日系作家〔N〕，滿洲日日新聞，1941-7-25。

〔註11〕爵青，關於滿洲文學──由內面的及精神的考察〔J〕文友，1945-5（4）。

〔註12〕〔日〕「滿洲國」史編纂刊行會編，「滿洲國」史‧分論（上）〔M〕，東北淪陷十四年史吉林編寫組譯，內部資料，1990：99。

留一紙，即《泰東日報》，新京之《大同報》，哈埠之《大北新報》，均由於此次之統制，認為有力報導機關，而至今存在者也。」〔註13〕1932 年 9 月偽政府出臺的《治安警察法》，明確了警察有檢查和管理出版物的權力，而且該法不僅取消了結社集會的自由，還禁止各種自發的文化活動，如在街道、公共場所張貼標語、發放傳單、演講、朗誦等，警察即可以「擾亂秩序」的罪名加以禁止或扣留。

1932 年 10 月 24 日又公布實施了《出版法》，對報紙、雜誌和普通出版物規定了 8 種「不得揭載」，諸如：變革「國家」組織大綱；危害「國家」存立之基礎；外交或軍事之機密；波及「國交」上重大影響等。還規定「國務」總理大臣隨時可以以「有障礙」於外交、軍事、財政或「維持治安」的需要為由，禁止或限制報紙、雜誌的新聞報導。1933 年「弘法處」改為「情報處」，1937年偽國機構調整時又將「情報處」改為「弘報處」，全面統轄宣傳和情報。「尤以日華事變勃發後，新聞紙之地位，益為政府所重視，政府方面，毅然取銷了弘報協會，在國務院設置了弘報處，俾掌理弘報事務，而強化其權能，於是在康德七年，又施行了第二次之新聞統制。於是產生了社團法人康德新聞社，使現存之漢字紙，皆置於康德新聞社，直接經營之下。……」〔註14〕於此開始了「一國一社」的時代。1938 年末，由於通信、新聞、廣播、電影其他機關均已經過調整，「弘報處」也將宣傳工作的重點放在宣傳政策的制定及對宣傳媒介機關的指導和監查上〔註15〕。

1940 年，日本侵略中國的步伐加速，南京汪偽國民政府的出臺，偽滿洲國的文化統制也越來越嚴格。5 月，關東憲兵隊司令部頒布了《思想對策服務要綱》，開始把文藝及著作的動向列為必須注意和偵察的目標，成立了「文藝偵察部」──抓「思想犯」的機構。9 月，制定了《雜誌指導統制要綱》，進一步管理審查各種雜誌，民間的大型文藝雜誌《文選》《藝文志》《作風》由此終刊。午末，國際局勢風雲變幻之際，「日、德、意三國軍事同盟條約」簽訂，日、美之間的戰爭隨時可能爆發。為配合日本的國際戰線需要，偽滿洲國實行了大規模的行政機構改革。「國務院」總務廳「弘報處」權力擴增，承擔了原

〔註13〕儒丐，滿洲新聞小史〔J〕，青年文化，1944-2（1）。
〔註14〕儒丐，滿洲新聞小史〔J〕，青年文化，1944-2（1）。
〔註15〕1939 年以後的弘報處長官相繼為：武藤富男（1939 年 3 月～1943 年 5 月）、士川敏（1943 年 6 月～1945 年 1 月）、島崎庸一（1945 年 2 月～偽滿洲國結束）。

來治安部、交通部、民生部和外務局的部分權責，接手了「一、關於治安部負責的電影、報紙、出版的審查；二、關於交通部負責的對廣播、新聞通信的審查，以及海外短波廣播監聽及其情報向政府內部及重要機關的傳達；三、關於由民生部負責的文藝、美術、音樂、電影、唱片、戲劇等等動態的文化行政事務；四、外務局的對外宣傳等。」〔註 16〕由此，開始了「大弘報處」時代，全面指導監督藝術文化領域。當時對新聞等文化事業監管之嚴都到了可笑的地步。據《滿洲日日新聞》佳木斯分社記者榎本昌太郎回憶，他寫了一篇關於初雪的報導，被禁止刊登，原因是：這樣的報導可能會讓蘇聯瞭解北滿氣象。30 多年後，榎本昌太郎說出了這樣的話：「國境線上的黑龍江和松花江冬季冰凍，用雪橇可以自由出入。對這一氣候情況，蘇聯不會幼稚到要看日本的報紙才知道吧。我又是生氣，又是吃驚——日本軍隊竟有如此超乎想像的弱點。」〔註 17〕

　　1941 年 3 月 23 日「弘報處」出臺了文學藝術指導性綱領的文件——《藝文指導要綱》〔註 18〕。《藝文指導要綱》分為 5 個部分。第一是宗旨。第二是藝文特徵。這兩部分其實是明晰了自「建國」以來一直實施的文藝「政策」：「藝文應以建國精神為其根本」，「以期使其與物質文明建設相併行，謀求完成精神文明建設之使命」，「向國民大眾提供美好而富於樂趣之精神食糧，以提高其情操；使其生活充滿歡樂與力量；鞏固國民之發展與團結，創造優秀之國民性，鞏固國家之基礎，促進國家之發展」。這種重視文藝、提倡「建國精神」和「國策文學」的思想，從「弘法處」時代一直到《藝文指導要綱》從未間斷過。其中新內容是配合戰爭提出的「八紘一宇精神」，這是根據田中智學在《日本書紀》提出的「兼六合以開都，掩八紘而為宇」的世界構想，意為使世界成為以日為中心的「一家」，為其海外侵略建構理論合理性。「八紘一宇」與「大東亞共榮圈」成為日本侵略戰爭時期的標配宣傳口號。第四部分為促進藝文活

〔註 16〕　〔日〕「滿洲國」史編纂刊行會編，「滿洲國」史‧分論（上）〔M〕，東北淪陷十四年史吉林編寫組譯，內部資料，1990：108。

〔註 17〕　〔美〕法蘭克‧吉伯尼，戰爭——日本人記憶中的二戰〔M〕，尚蔚、史禾譯，北京：中央編譯出版社，2003：119～120。

〔註 18〕　《藝文指導要綱》全文見本書附錄一。
　　　　　該文件由偽滿洲國弘報處處長武藤富男負責起草定制。1941 年 3 月 3 日召開《要綱》發表藝文大會，武藤富男以《滿洲國的文化政策》做了主題演講，對《要綱》中的各項內容作瞭解說。「藝文」即日語中的藝文——藝術與文學，《要綱》將文藝、美術、音樂、演藝、電影、攝影稱為「藝文」。

動。又是「建國精神」和「國策文學」的重申：「作家與藝文社團，應具有肩負國家使命之自覺，以建國鬥士姿態，滿懷熱情投身創作，致力於滿洲藝文事業，獻身文化發展，推動建國之大業。」第五部分為藝文教育及研究機構，準備籌建藝文學院，以「陶冶建國精神」，以「培育藝文作家」。真正有實施性的，也是讓居住在此文人們恐怖的是第三部分——確立藝文社團組織。「為謀求藝文家旺盛之創作活動，相互切磋，並為培育指導訓練新一代人才，於文學、音樂、美術、戲劇各部門，建立分別由專家組成之社團。」「為謀求藝文之總體發展，以各藝文社團為其成員組成『滿洲藝文聯盟』（暫名）。」「由政府直接領導各社團。」這是偽政府對文藝工作者實現組織化控制的具體措施。對此，日本學者岡田英樹觀察到：「《藝文指導要綱》的公布，日本人的反感，是對自發性的文藝組織『文話會』被擠垮並被政府公認的文藝組織統合的反感，也是對文藝被迫從屬於『國策』的恐懼。另一方面，對在日本人沒怎麼注意到的地方暗中繼續進行活動的中國籍作家來講，由政府來判斷其是專業或非專業作家的身份，無視本人意志而被登記於某一組織，無疑是最大的恐怖。」〔註19〕這不僅使「國策」與文藝進一步緊密結合，而且使作家本人完全納入其控制系統。基於《藝文指導要綱》中的「確立藝文社團組織」的規定，1941 年 7 月 27 日成立了「滿洲文藝家協會」，該協會在「滿洲國」「國務院」禮堂舉行成立大會，其宗旨為：「組織結集有活動力的文藝家團體，使其活動方針以建國精神為基調，確立其以國家目的為基本方向的體制。」並在成立宣言中首次打出了「文學報國」的口號〔註20〕，宣稱：「本會係依《藝文指導要綱》之趣旨由滿洲在住文藝作家組織而成，目的在促進創造以建國精神為基調之藝文作品，俾我國藝文向上及國民思想之昂揚。」〔註21〕該協會委員長是山田清三郎，委員有：古丁、吳郎、爵青、大內隆雄、楳本舍三、宮川靖、逸見猶吉、

〔註19〕〔日〕岡田英樹，偽滿洲國文學〔M〕，靳叢林譯，長春：吉林大學出版社 2001：61，岡田英樹在此書中援引《滿洲日日新聞》的材料，比較詳細說明了《藝文指導要綱》的背景並對《藝文指導要綱》所產生的人員糾葛及其制定後的文藝展開等情況進行了具體的描述。還可以參見論文，岡田英樹，偽滿洲國文藝政策的展開——從「文話會」到「藝文聯盟」〔C〕//東北淪陷時期文學國際學術研討會論文集，馮為群、王建中、李春燕、李樹權編，瀋陽：瀋陽出版社，1992：156～171，該文主要描述的是追求文學獨立的日本文人對《藝文指導要綱》的不適應。

〔註20〕山田清三郎，滿洲文藝家協會的活動概況及自我批評及下期方針〔J〕，滿洲藝文通信，1942-1（10）。

〔註21〕山田清三郎，滿洲文藝家協會的設立〔J〕，新滿洲，1942-4（1）。

筒井俊一、宮井一郎、穆儒丐、竹內正一。開始時78名會員，其中日系51人，中國籍作家27人，「鮮系」「俄系」和「蒙系」未被列入〔註22〕，後來發展到103人。此外還陸續組織了其他文藝團體，如「滿洲劇團協會」「滿洲樂團協會」等。之後又組成了更高一級的領導社團「滿洲藝文聯盟」。就此完成了《藝文指導要綱》所描繪的對文藝家全面統制的體制。8月，「弘報處」又公布了《滿洲國通信社法》《新聞社法》《記者法》。之後，其又實施新聞社的「國」有化，合併各大報社。漢語報紙合併為「康德新聞社」，《大同報》《盛京時報》《黑龍江民報》《錦州新報》《熱河新報》等各社將權利與義務移交於「康德新聞社」；日語報紙合併為《滿洲新聞》《滿洲日日新聞》兩社，《東滿日報》《哈爾濱日日》《東滿日日》《滿洲日報》《大連日日》《安東新聞》等由上述兩社運營。11月，「弘報處」與關東軍司令部聯合，著手準備偽滿洲國內「弘報」工作，為戰時宣傳方案進行籌劃。戰爭一旦爆發，「弘報處」擬定馬上動員從中央到地方的整個官廳組織，並通過通訊、報紙、電影、廣播、文藝等媒介，謀求提高「國民」的「戰爭意識」，號召「增強戰力，確立戰時生活」等。至此，完成了對藝文全面統制。

　　1941年12月太平洋戰爭爆發，一年後，1942年12月，「弘報處」確立了對內宣傳的三大方針：「振起建國精神」「高揚決戰意識」和「徹底時局認識」，對外進行「必勝不敗」的宣傳。此時偽滿洲國對文藝的策略有所轉變，進入到第二階段，以「服務戰爭」「服務時局」為基調，提倡「報國文學」。

　　基於前一階段形成的對文藝家的組織化控制，以及對各文藝團體之間的類似於官僚體制的結構安排，開始了對文藝家和文藝團體的戰時總動員的體制，把偽滿洲國的文化機構、文藝人員和文化活動都引向「服務戰爭」的軌道。「滿洲文藝家協會」主辦「藝文家愛國大會」，派遣文藝工作從業人員到軍隊、「興農合作社」、「勤勞奉公隊」、工礦等地實地考察〔註23〕，並要求他們創作

〔註22〕 山田清三郎，滿洲文藝家協會的設立〔J〕，新滿洲，1942-4（1），具體名單可
　　　　參考封世輝，文壇社團錄〔M〕//中國淪陷區文學大系·史料卷，錢理群，主
　　　　編，南寧：廣西教育出版社，2000：234。
〔註23〕 「興農合作社」，「勤勞奉公隊」，均為偽滿洲國時期的社會組織。
　　　　「興農合作社」，是以自然村為主，該組織在偽政府監督下，村民成員合作生
　　　　產、共同銷售、共同利用農業資源等，是「國家」對農村經濟的全面控制的基
　　　　層組織。
　　　　「勤勞奉公隊」，1941年偽滿洲國開始實行義務勞動制度──「勞務新體制」，
　　　　核心的政策是「國民皆勞」，驅趕全體人民去擔負各種艱苦勞動，建立了所謂

歌頌「聖戰」「勤勞增產」「愛國儲蓄」等作品。

1943 年 5 月，「滿洲文藝家協會」進行改組，新機構由審查第一部、審查第二部、大東亞聯絡部、企劃部組成。審查一部，主要審查日文讀物，部長：筒井俊一；審查二部，主要審查中文讀物，部長：大內隆雄；大東亞聯絡部部長：古丁；企劃部部長：宮川靖。這已經完全不似文化類的協會，而是偽政府的官僚管理機構。這一年還成立了「滿洲出版協會」，其中的「出版計劃委員會」，負責偽滿洲國的圖書審查和批准出版事宜；「生產發行委員會」，統轄出版發行工作。古丁、爵青、張文華等在「出版協會」委員名單之列，負責文藝書籍的檢查工作，《首都警察的偵探、檢閱報告書》（1943）出自他們之手。

1943 年 12 月，召開「藝文家決戰大會」，產生了「藝文家決戰大會《宣言》」和對於偽政府「即應決戰時局的藝文活動方策如何」咨文案的《答申文》。其宣言是：

> 御稜威之下，皇軍將兵忠勇義烈善謀勇戰，在各處舉得赫赫之戰果，將宿敵英美驅逐於大東亞之圈外，東亞民族獨自之文化，於茲炳然放其光芒。（中略）我等藝文家身負新文化建設之一端者，須合志敦誼，在於內創立以建國精神為基調的藝術文化之同時，於外則圖謀共榮各國文化之提攜交流，以期貢獻於大東亞文化之建設。唯戰爭樣相日見悽愴，戰局重大無過今日，我等當深行體察時局，更深行反省公私之生活，完徹思想戰線之大使命，以期挺身於大東亞戰爭之完遂。際茲全國藝文家會議終了，表明全國藝文家之總意。

〔註 24〕

這種語氣、這種言詞，就可見當時的文藝氛圍了。雖然如此，對偽政府咨文案的《答申文》並沒有什麼具體的措施，只是之前活動的總結和詞語上的重複，可見其強弩之末。「決戰時局下，為貢獻大東亞文化昂揚，當必要時，更應赴國家當面之邀請，在藝义活動方面，關於其方策，須根據新構想，具有準備即組織態勢，茲分述如下：一、確立藝文家活動之基盤；二、藝文組織之再編成；三、關於藝文家之煉成。」〔註 25〕1944 年，「滿洲藝文聯盟」

「國民勤勞奉公制度」，組織各種名目的「奉公隊」，從事義務勞動。「勤勞奉公隊」是以未被徵召的「國兵」和在校學生為主的青年義務勞動組織。

〔註 24〕「藝文家決戰大會」《宣言》，見爵青，決戰與藝文活動〔J〕，青年文化，1944-2（3）。

〔註 25〕答申文，見爵青，決戰與藝文活動〔J〕，青年文化，1944-2（3）。

改組為「滿洲藝文協會」，有「滿洲夜皇帝」之稱的甘粕正彥（1891～1945）任會長，其網羅了幾乎所有的文藝部門，整個機構都被整理進「戰時總動員」體制。

　　偽滿洲國短短 14 年，不斷地制定文藝政策、加強對文藝的控制管理，通過書報檢查制度、作家的管理制度等來控制言論、報刊和書店，管控作家等，由此也可以旁證這個偽政體的惶恐和無能，明知這是一個侵略佔領的傀儡國，卻假裝成獨立國家，鎮日地害怕偽裝被戳穿，偽政府被推翻；另一方面，還可以旁證諸多政策的無效性，因為無法壓制各種具有反抗性的作品，才會不斷地出臺新政策。

第二節　「滿系」文學：抵抗與隱藏

　　漢語文學在淪陷東北佔有絕對優勢，從作家到閱讀群體，都是其他語種文學無法企及的。如果想借助文學為所謂的「新國家」服務，必須得倚重、鼓勵漢語文學創作。此時東北的新文學進程迅速推進，多民族多語種的文化互化，也帶給東北文學新的內容新的想像，產生了多種樣式的文學作品〔註 26〕。而隨著滿清遺老舊文人進駐東北，舊體詩文唱和以另外一種形式勃興起來。〔註 27〕可以說，1931～1945 年是東北文學繁榮時期，東北文學走向關內文壇，也被東亞文壇關注。當時漢語文學作家，形成這樣幾個群落：左翼作家群、新進作家群、通俗作家群、流寓作家群、帝制大臣作家群。其中新進作家群是當時東北文壇的主力，其內部結構也最為複雜。

一、左翼作家群

　　東北左翼文學興起於 1920 年代末，《創造月刊》《拓荒者》《萌芽》等左翼期刊在東北都能買到，很多東北文藝青年開始嘗試左翼傾向的文學創作。據親歷者王秋螢（1913～1996）回憶，「1928～1930 年間，僅瀋陽一地陸續出版的文學刊物，便有 15 種。就其主要傾向看，大致可分兩大流派：一是新興的無

〔註 26〕 已經整理出版的東北文學有幾套書系：1.張毓茂主編「東北現代文學大系」（14卷，1996 年），2.劉慧娟主編「東北淪陷時期文學作品與史料編年集成」（45卷，2015 年），3.張中良主編「東北抗日文學大系」（20 卷，2016 年），4.劉曉麗主編「偽滿時期文學資料整理與研究叢書」（34 卷，2017 年）。
〔註 27〕 已經整理出版的舊體詩見劉曉麗主編「偽滿時期文學資料整理與研究叢書」偽滿洲國舊體詩集〔M〕，陳實、高傳峰編，哈爾濱：北方文藝出版社，2017。

產階級文學；一是以愛國為宗旨的民族主義文學。前者以轉變後的《關外》(17
期終刊號）和《冰花》比較鮮明，後者有《遼風》和《勁草》。」〔註28〕

　　「九一八」事變後，奉天淪陷，1931 年底中共滿洲省委從「奉天」轉移
到哈爾濱，中共領導的抗日活動中心也隨之轉移。中共滿洲省委在領導東北人
民抗日武裝鬥爭的同時，也積極開展反滿抗日的宣傳工作，引導東北文藝工作
者走向抗日救國之路。羅烽（1909～1991）受中共滿洲省委委任，與金劍嘯
（1910～1936）一起領導北滿的文藝運動。他們與哈爾濱的中共黨員作家舒群
（1913～1989）、姜椿芳（1912～1987）、方未艾（1906～2003）等積極展開活
動〔註29〕，團結一批愛國文藝青年如三郎（蕭軍 1907～1988）、悄吟（蕭紅 1911
～1942）、劉莉（白朗 1912～1994）、梁蒨（山丁 1914～1997）、金人（1910～
1971）等，組成一支文藝新軍，這支文藝新軍後來成為中國現代文學中抗日文
學的先鋒，也深深地影響了東北在地文學。東北左翼文學以哈爾濱這支文藝新
軍出場為標誌，具有集團性、反抗性和鬥爭性。

　　這支東北文藝新軍活動的主要陣地有哈爾濱的《國際協報》《大北新報》
《黑龍江民報》和「新京」的《大同報》，特別是《大同報》文藝副刊《夜哨》
（1933.8.6～12.24，共 21 期）〔註30〕，這個文藝副刊是由中共滿洲省委參與
策劃，得到《大同報》編輯陳華的支持，由蕭軍負責組稿。多年之後姜椿芳
回憶，他和金劍嘯、羅烽一起在他們家籌劃《大同報》副刊《夜哨》工作。
〔註31〕當時的《大同報》雖然是偽滿洲國的宣傳工具，其報名與當時偽國年號
「大同元年」相同，但據研究者蔣蕾考察，在日本佔領初期，該報有「四個抵
抗的副刊」〔註32〕，分別是《大同俱樂部》《夜哨》《滿洲新文壇》《文藝》。《夜
哨》影響最廣泛，流亡的《夜哨》作家群聚集在上海後，繼續以「夜哨」之名

〔註28〕黃玄，東北淪陷期文學概況（一）〔J〕，東北現代文學史料，1982（4）。
〔註29〕當時，羅烽是中共哈爾濱市東區（道外）區委宣傳委員；金劍嘯是中共哈爾濱
　　　　市西區（道里）區委宣傳委員；舒群是第三國際中國組織成員；姜椿芳是中共
　　　　滿洲省委宣傳部長。
〔註30〕《夜哨》是《大同報》週日副刊，副刊形式比較獨特，單獨記錄期號，每期有
　　　　作品目錄。但是由於期號標識不規範，產生很多誤會，從 0 期開始，第 6 期
　　　　和第 14 期出現兩次，最後一期標識為 18 期，《夜哨》實際一共刊出 21 期。
　　　　為避免誤解，本文注釋用時間標識，不用期號標注。
〔註31〕姜椿芳，金劍嘯與哈爾濱革命文藝活動〔J〕，東北現代文學史料第一輯，1980
　　　　（3）。
〔註32〕蔣蕾，精神抵抗：東北淪陷區報紙文學副刊的政治身份與文化身份——以《大
　　　　同報》為樣本的歷史考察〔M〕，長春：吉林人民出版社，2014。

出版了「夜哨小叢書」〔註33〕。《夜哨》文學是此時東北左翼文學的代表，鬥爭性和創造性交織在一起。具體而言有以下幾個特徵：進一步向左翼文學靠攏；變革左翼文學──將反日民族主義融入左翼文學；出現了描寫抗日武裝鬥爭的抗日文學。東北左翼文學為中國現代文學貢獻出新文藝範式──左翼文學與民族主義文學相結合的文學和抗日文學。

《夜哨》作家群以左翼為旗幟，例如洛虹（羅烽）的獨幕劇《兩個陣營的對峙》（8 月 6 日）、悄吟（蕭紅）的小說《啞老人》（8 月 27 日，9 月 3 日）、劍嘯的獨幕喜劇《藝術家與洋車夫》（11 月 12 日、11 月 19 日）、梁蒨（山丁）的小說《象和貓》（8 月 20 日）等，都以階級矛盾階級鬥爭為主要表現內容，歌頌勞動者特別是工人階級團結起來與資產階級做鬥爭。不僅如此，生活在日本殖民佔領區的東北青年，感受到階級的壓迫的同時，還時時刻刻地承受著日本人的壓迫，他們中的敏感者把民族主義內容融入到左翼文學中，開啟了一種新的左翼文學路徑，左翼文學與民族主義文學相結合的文學實踐。當東北作家初登上海文壇時，把這樣一種文藝新風帶入 1930 年代的上海左翼文學，在諸多力量的聚合下，他們成為左翼文學中的先鋒。

《夜哨》文學中還出現了一種新的文學實踐──抗日文學。被公認為抗日文學代表作的《生死場》《八月鄉村》《沒有祖國的孩子》等作品，並非平地拔而起之作，而是「九一八」事變之後東北文壇出現的新的文學探索、文學實踐。蕭紅在寫作《生死場》之前，曾在《夜哨》練筆抗日文學，署名悄吟的小說《夜風》，描寫了農民覺醒加入共產黨領導的抗日隊伍的故事〔註34〕，該故事可以看成蕭紅在青島完成的《生死場》後半部的前身。星（李文光）的小說《路》和短劇《黎明》，直接描寫了抗聯戰士的生活和日本兵的無恥殘暴。《路》是《夜哨》文學中最長的一篇小說，連載了 13 期，從 9 月 10 日一直刊載到 12 月 3 日。描寫了「我」和「小白人」（「俄日戰爭可憐的副產品」〔註35〕）和「老韓」一起追趕武裝抗日隊伍的故事。《路》和蕭軍 1935 年出版的小說《八月的鄉

〔註33〕「夜哨小叢書」見三冊，分別是金劍嘯的《興安嶺的風雪》、舒群《沒有祖國的孩子》、金人譯作《社會主義現實主義問題》。

〔註34〕悄吟，夜風〔N〕，大同報，1933-9-24、10-1、10-8，收入蕭軍、蕭紅作品集《跋涉》時，「共產黨」已經用 XXX 符號代替，後來多個版本的《蕭紅全集》，多採用《跋涉》版，而沒有採用《夜哨》版。《夜哨》刊出時，有「五嬸娘吵著共產黨時挨了丈夫的罵」（9 月 24 日）的表述。

〔註35〕星，路〔N〕，大同報，1933-9-10。

村》主題相似，都是表現東北淪陷初期遼南地區的武裝抗日鬥爭。《路》刊載在《大同報》，沒有可能像《八月的鄉村》那樣把抗日主題表現得淋淋盡致。《路》有些地方不得不用曲筆，諸如用「我」口中哼唱《國際歌》暗示這是一支共產黨領導的國際抗日隊伍。星的另一篇短劇《黎明》同樣直露地表達了抗日的主題和日本軍人的醜態，「卑污地獰笑」、猥褻的語言「窯子的沒有？……窯子的好……」〔註36〕其中殘暴的日本人形象堪比羅烽抗日文學代表作《第七個坑》。

「九一八」事變後，不堪日偽統治的東北青年逃離家鄉，星散祖國各地，哈爾濱這支文藝新軍多數人逃到上海，在魯迅、胡風等左翼作家的幫助下，登上關內文壇，以一種新的文學現實、文學形式驚動了當時的文壇。他們的新文學實踐起步於東北文壇，成名於上海文壇，在關內關外產生了深遠的影響。

留在東北的左翼作家繼續進行文學活動，成立了「哈爾濱馬克思主義文藝學習小組」，據當時的主要成員關沫南（1919～2005）回憶，「當時雖然信仰了馬克思主義，學習閱讀上卻是不受約束的。既讀魯迅、郭沫若、茅盾、蔣光慈，也讀穆時英、劉吶鷗、葉靈鳳；既讀十月的文學《鐵流》《毀滅》《夏伯陽》，也讀安那其主義的《克魯泡特金傳》、巴古寧、高德曼的《獄中記》；拿日本文學說，既讀小林多喜二、德永直、葉山嘉樹、窪川稻子等左翼作品，也讀新感覺主義的橫光利一、川端康成和早期的片岡鐵兵。」〔註37〕這個階段左翼作家的文學作品的表現手法方式有所變化，有現實主義，也有浪漫主義、現代主義和弗洛伊德主義傾向。作品的內容有階級矛盾、民族壓迫，也有個性解放和人性的壓抑和困惑。偽滿的文藝體制逐漸建立，左翼作家們的生活空間越來越逼仄。1936年金劍嘯遇難，1941年發生了「12.30事件」暨「哈爾濱左翼文學事件」〔註38〕，東北的左翼文學活動逐漸消失。

〔註36〕星，黎明〔N〕，大同報，1933-12-24。

〔註37〕關沫南，春花秋月集〔M〕，瀋陽：遼寧民族出版社，1998：18。

〔註38〕1941年12月30，東北日偽當局出動大批警察、憲兵、特務在東北各地開始對愛國青年進行大搜捕，搜捕行動一直持續至1942年上半年，先後有355名愛國青年遭到逮捕、監禁或屠殺。這些愛國青年的身份以學生居多，還有軍人、職員等。該事件被歷史學家成為東北「一二·三〇事件」。具體詳見中央檔案館、歷史第二檔案館、吉林社會科學院合編的《日本帝國主義侵華檔案資料選輯》（1998）。

二、新進作家群

　　東北新進作家群，是指受五四新文學運動影響，以新文學創作為己任，1931～1945 年大部分時間生活在東北地區的那些新文學作家。他們的作品是當時東北地區文學的主流，沒有他們的文學活動就沒有東北新文學。這些新進作家根據各自的文學誌趣，組成文學社團，創辦文學刊物。大致形成以下幾個作家群落：早期文學社團作家群；《明明》《藝文志》同人作家群；《文選》《文叢》同人作家群；《作風》同人作家群。

（一）早期「南滿」文學社團作家群

　　「九一八」事變，催生了上節描述的「北滿」哈爾濱文藝新軍，而原本不太活躍的「南滿」文壇更加冷清。1932 年後，報紙副刊文學逐漸活躍，《滿洲報》的「星期副刊」、《泰東日報》的「文藝週刊」和《民報》副刊等刊出數量不等的新文學作品。一些文藝青年開始組成文學社團，這些文學社團數量多分布廣，是其他文學區域少有的。1933～1937 年大約出現了近 200 個新文學社團〔註39〕，不僅在大連、奉天、營口、撫順等南部比較大的城市出現，在小平島、營川、營濱、安東、磐石、凌水、遼陽、鐵嶺、開原、通化等鐵路沿線的小城鎮也有新文學社團。代表性文學社團有冷霧社、飄零社、蘿絲社、白光社、響濤社、平凡社、曉野社等，這些文學社團積極探索新文學形式，有的汲取中國古典文學營養，有的因襲歐洲古典創作，有的推崇普羅文學，有的模仿現代派作品，有的提倡為藝術而藝術。他們的作品，因為受報紙發表版面的限制，以詩歌、散文、短篇小說為主，受社會環境制約內容比較輕淺，但這些作品為東北新文學形式上的探索做出了貢獻。其中一些寫作者後來成為了東北新文學界的領軍人物，如爵青、秋螢、小松、成弦、田兵、石軍等，而其中一些文學社團的刊物演變為大型文學雜誌。

　　早期「南滿」文學社團作家群的文學實踐，為東北新文學的復蘇和進一步發展奠定了良好的基礎。

（二）《明明》《藝文志》同人作家群

　　隨著「北滿」哈爾濱左翼文學撤離和「南滿」文學社團的式微，接踵而起的是偽國都「新京」的新文藝運動。當時在偽滿洲國總務廳任職的文學愛好者

〔註39〕封世輝編，中國淪陷區文學大系（史料卷）〔M〕，南寧：廣西教育出版社，1999：212。

古丁，與文學青年外文、疑遲、辛嘉等文學青年，在「月刊滿洲社」社長城島舟禮（1892～1944）的資助下，1937 年創辦了中文綜合雜誌《明明》。《明明》的刊行，對當時的文壇具有很大影響，這是一個新的開啟，將此前文學作品的發表陣地報紙文藝欄發展到文學雜誌，引領了後來的東北文學雜誌；更重要的是一批東北年輕作家開始登上文壇；此外《明明》雜誌還引發了文學爭論，即「鄉土文學」和「寫印主義」的論爭。由文學爭論形成文學流派，攪動起當時的文壇，引發文學思考和創作熱潮。《明明》停刊後，1939 年，明明同人又創辦了文藝雜誌《藝文志》。當時東北文壇就稱這一作家群落為「明明派」或「藝文志派」，核心成員有：古丁、外文、疑遲、辛嘉、小松、爵青、辛實、少虯、共鳴、非斯共 10 位，外圍成員有杜白羽、勵行健、王則、君頤、百靈等，他們沒有正式加入「藝文志」同人，但和《藝文志》關係密切，其作品也在該雜誌上經常出現。這一作家群打出了「寫印主義」和「無方向的方向」口號，意思是說在當時的東北文壇寫作和出版才是最重要的，可以先不帶任何「主義」和主張，而是讓創作出來的作品有地方出版。對於當時的年輕人來說，創作是件難事，發表則更難。「凡是文學青年，自己曾經挖出自己和朋友的零錢出過書印過報的，大致都會知道個中的苦難的；所以，在這種不用擠出自己和朋友的零錢的有利的條件下，那種內容的革新之類的問題，畢竟是不算太難的事情。」〔註40〕「我們（古丁和毛利——筆者注）一半感激一半興奮辭去城島社長的家，馬上去找疑遲、孟原，想要把這感激與興奮也分給他倆。在一家酒店，四個人盡性地樂了，儘量地喝了，我們說：『這是滿洲國成立以來最快樂的一天』。（中略）『寫與印就是了』——我們又重複了這一句。但我們並未自恃這是文學範本，在這過渡期，我們只希望這東西能夠是一架『橋』也就滿足了。」〔註41〕

　　這樣一群 20 多歲的充滿寫作熱情的青年人，找到能夠資助他們印書出版的人，興奮之情溢於言表。藝文志派同人作家群大部分人供職於偽滿洲國的文化機關，主動或被迫地參加了「滿洲文話會」和「滿洲文藝家協會」，並在其中擔任一定職務，也以文藝政治家身份發表過相應的言論和作品，他們的文學活動得到了日本人的關注及贊助。但同人作家李民這樣評價這個作家群落：「這是由幾個左翼分子、共產黨的關係人員和脫黨分子為主要成員組成的鬆

〔註40〕古丁，奮飛〔M〕，長春：月刊滿洲社，1938：3。
〔註41〕古丁，奮飛〔M〕，長春：月刊滿洲社，1938：（後記）。

散組織，是一個帶點左傾意識的純文藝團體。」〔註42〕下了這樣的斷語之後，李民先生又補充說，「小松、疑遲和爵青是後來加入藝文志同人的，我也說不清楚。」這一作家群的政治身份撲朔迷離，需要更多的歷史事實來辨析，這裡我們先從他們的文學作品入手，分析其作品內部的矛盾與創造、順從與反抗。

《明明》《藝文志》同人作家群核心人物是古丁（1914～1964）〔註43〕，他自詡私淑魯迅，學習魯迅雜文筆法——「太苛裏有真理」，「太冷裏有創見」。除雜文外，古丁給當時東北文壇的貢獻是兩部長篇小說：《原野》和《平沙》〔註44〕。當時東北新文學長篇小說比較少見，古丁在 1938 年和 1939 年各發表一部長篇小說，震動當時東北文壇。《原野》和《平沙》這兩部小說可以作為一個整體來閱讀，《原野》描寫了東北地主的沒落，《平沙》描寫了東北都市的潰敗。一群「失了味的鹽」「只好被丟在外面」的人們，他們即便逃離這曾經開拓的「原野」和建設過的「土和沙」的世界，也沒有被救贖的可能。生活在這片土地上的人們陷入深深的絕望，這片土地也同樣令人絕望。這其中暗含著一種象徵：原野潰爛了，都市消失了，靈魂被盜走了，人何處去？地何處歸？時人對古丁評價很高，稱他為使「滿洲」文壇渡過到光明去的一座橋。「他在文學上的前途，是得請關心他的人隨便向文學史上找出人名來形容或比喻他的。」〔註45〕

爵青（1917～1962）是藝文志派第二號人物〔註46〕，被稱為「滿洲現感覺派」的代表，法國作家紀德（1869～1951）的崇拜者，作品也以象徵和唯美風格為主，被當時的批評家百靈稱為「鬼才」。爵青的小說執著於都市風景、都市青年，《哈爾濱》《大觀園》《某夜》《巷》〔註47〕等小說描繪都市的繁華與潰爛、開放與墮落、文明與野蠻。令人睹之不安的女性靈麗（《哈爾濱》）淫蕩、

〔註42〕2003 年 8 月，筆者訪問了李民先生，當時他對藝文志同人如此評價。

〔註43〕本書第六章「作家作品的面相」有作家古丁人與文的專門論述。

〔註44〕古丁，原野〔J〕，明明，1938-3（1），後收入作品集，古丁，奮飛〔M〕，長春：月刊滿洲社，1938。

古丁，平沙〔J〕，藝文志，1939（2），後收入「東方國民文庫」，長春：滿日文化協會，1940。

〔註45〕M.古丁〔J〕，藝文志，1940（3）：124。

〔註46〕本書第六章「作家作品的面相」有作家爵青人與文的專門論述。

〔註47〕爵青的這些作品收入於他的下列作品集：

群像〔M〕，長春：月刊滿洲社，1938。

歐陽家的人們〔M〕，長春：藝文書房，1941。

歸鄉〔M〕，長春：藝文書房，1943。

自然，有生命力，追求自由。如長了「淫靡花紋春蛇」的女客（《男女們的塑像》），是位虛無的現代主義者，有著對社會、性別的激進認識，在主動追求享受愛情後，回去和銀行家結婚。清純而豔麗底層妓女張秀英，不為自己的職業而看輕自己，大膽地追求愛情。這些在如「絕崖的建築群」穿梭的都市女性，如「被荼毒的肥料所培育出來的慘豔的植物」上的花朵，裝點著都市的空間。大內隆雄這樣描繪爵青的寫作才能：「我要講講爵青的文體。那可謂是在現代漢文中正在形成的新的創造的典型的文體。中國的現代作家幾乎沒有人具有這獨特的表現力。現代日本文章所能到達的一切都被活生生地採納到他的文體中。」〔註48〕爵青用詭異、晦澀文字描述出都市人靈與肉的病態和悲歡。爵青執著於小說文體的探索，進行各種文體實驗。過度的實驗和過剩的自我意識相互糾纏，構成了他小說的主要特徵。此外爵青還探求小說表現種種抽象觀念的可能，他主張創作中應有作者的哲學，並將這種認識滲透於作品中。他的作品追求問題意識和思辨色彩，由觀念或問題意識來營造小說。《戀獄》寫了幸福的無計劃性，《藝人楊崑》寫了生命和藝術的絕對性，《遺書》寫了生命力的潰退。把爵青的小說放在中國現代都市小說和中國現代派文學的背景下認識，更具意義。他的小說無論是文體形式的探索還是空間的拓展，存在主義的追求，與「海派」都市文學及中國現代派文學相呼應，獨具一格。

疑遲（1913～2004），「愁容滿面，寡默，也很孤獨。一喝起酒來卻會談笑風生，只有一點一喝酒就好比武。喜歡被捧，固是人之常情，但卻比常人甚。自己的事情，不大喜歡對人表白，原稿的字，寫得規規矩矩。日記一天也沒有空白。寫小說，在他，比一切素人還要素人。」〔註49〕「藝文志」同人這個時候描繪的疑遲還是個小編輯，不久之後，他就坐上了《麒麟》《電影畫報》主編的位子。疑遲，1936年開始從事文學創作及俄文翻譯，1940年掌管《麒麟》和《電影畫報》的編輯工作。出版了小說集《花月集》《風雪集》《天雲集》，長篇小說《同心結》《松花江上》。〔註50〕他以短篇小說《山丁花》登上文壇，並引發關於「鄉土文學」的爭論。疑遲通曉俄語，喜歡俄羅斯文學並深受其影

〔註48〕大內隆雄，「解說」爵青《黃金的窄門》〔J〕，滿洲公論，1945（7）。
〔註49〕藝文志同人群像及像贊〔J〕，藝文志，1940（3）：127。
〔註50〕花月集〔M〕，長春：月刊滿洲社1938。
　　　　風雪集〔M〕，長春：益智書店，1941。
　　　　天雲集〔M〕，長春：藝文書房，1942。
　　　　同心結〔M〕，長春：藝文書房，1943。
　　　　松花江上〔M〕，長春：藝文書房，1943。

響。「他慣於處理著滿洲自然的風物，其文質樸無華，作為一個冷靜而透澈的滿洲自然風物的觀察者之存在，已成為疑遲氏饒有定評的說法了。」〔註51〕疑遲筆下的鄉土世界是東北密林和曠野，其中有原始強悍的生命，有土地和森林的呻吟，有各種生命在忍不堪忍的蹂躪之下蓬蓬勃勃地生長。疑遲筆下的鄉土世界，為中國現代文學提供了別樣的鄉土經驗。

小松（1912～1996），「身材不高於普通的日本人，在『協和服』流行的『國都』裏，依然愛穿一身並不怎麼漂亮的西服，禮拜日之類，也不怕孤獨，就是獨自在『日毛』要上一杯咖啡，噴著並不怎麼嗜好的煙捲兒，翻看大本小字的蟹行文雜誌。然後，回到自己的小樓上，就要開始寫小說了。愛文學比愛情人還要甚，『文學是我的本能似的』是他的論調。」〔註52〕小松，1934 年畢業於奉天文會高中文科，通曉英文。1932 年開始創作，經常在《滿洲報》《泰東日報》副刊發表文章。1933 年成為「白光社」成員，任《白光》編輯。後來考入奉天《民生晚報》編輯「文學七日刊」。之後又在《明明》《電影畫報》《藝文志》等雜誌社任編輯。出版了短篇小說集《蝙蝠》《人和人們》《苦瓜集》，中篇小說集《野葡萄》，中篇小說《鐵檻》，長篇小說《無花的薔薇》，詩集《木筏》。〔註53〕小松是位精力旺盛的多產作家，不僅致力於小說的創作，還寫了不少散文、詩歌、雜文和評論等。「普通作家的沉潛，往往是化為無文的緘默。」而小松卻不然，「他是以著衝破的精神在說明著沉潛，所以常衝破了之後，不但沒有倦意，反而更為旺盛。」〔註54〕小松被陳因稱讚為「在文藝的全能上，真可稱為十項的健將」。〔註55〕作品種類多，形式多樣，內容豐富。既寫都市小知識者病態的愛情與生活，也寫部落民和流浪者。小說《人和人們》可謂人間百態，「……這裡所有的人們，完全是病態的，非健康的。比如，這裡有巴黎都市育成的畸形兒，也有墮落的小市民，知識分子，病態的戀愛的青年男女，

〔註51〕吳郎，一年來的滿洲文藝界〔J〕，華文每日，1943-10（4）：12。
〔註52〕藝文志同人群像及像贊〔J〕，藝文志，1940（3）：126。
〔註53〕蝙蝠〔M〕，長春：月刊滿洲社，1938。
　　　　人和人們〔M〕，長春：藝文書房，1942。
　　　　苦瓜集〔M〕，長春：藝文書房，1943。
　　　　野葡萄〔M〕，長春：藝文書房，1943。
　　　　鐵檻〔J〕，藝文志，1940（3）。
　　　　無花的薔薇，未見，待考。
　　　　木筏〔M〕，長春：滿日文化協會，1939。
〔註54〕姚遠，東北十四年來的小說與小說人〔J〕，東北文學，1946（1）。
〔註55〕陳因，評《木筏》〔M〕//陳因，滿洲作家論集，大連：實業印書館，1943：67。

自私自利、賣友求榮的無知者，街頭天使，住小店的，還有苦痛一生，至死也沒有感到生活是怎麼回事的部落民、流浪者……」〔註56〕更值得一提的是小松作品的形式感，他把繪畫藝術和電影藝術移入文學作品。《北歸》具有繪畫美，《高級煙蒂》運用了蒙太奇鏡頭推移的手法，以簡練的詩歌式跳躍的語句，勾勒都市男女的悲歡。

（三）《文選》《文叢》同人作家群

1939年秋，陳因、王秋螢、孟素、袁犀、田瑯、李喬、李妹等在奉天組成「文選刊行會」，反對「為文藝而文藝」與把文藝作為個人牢騷泄忿工具，主張文藝應提高人們認識社會現實的能力，成為教育群眾的工具。編輯出版文學雜誌《文選》。同年10月，以《大同報》副刊《文學專頁》作者為中心，由山丁、吳郎、吳瑛、金音、梅娘、冷歌、弓文才、戈禾等人組成的「文叢刊行會」在奉天成立，計劃出文藝刊物《文叢》，未成功，遂改出「文叢從書」。文選、文叢兩個刊行會的文學主張基本接近，他們在同《藝文志》同人作家辯論時形成一種鬆散的合作，形成一個作家群——《文選》《文叢》同人作家群。

山丁（1914～1997）是《文選》《文叢》同人作家群核心成員〔註57〕，他曾是「北滿」左翼作家群中的一員，蕭軍、蕭紅的戰友。戰友星散在祖國的各地，他留在故鄉，繼續文學創作。1937年山丁在《明明》雜誌上撰文《鄉土文學與〈山丁花〉》，提出「滿洲需要的是鄉土文藝，鄉土文藝是現實的」〔註58〕，在提出鄉土文學後不久，山丁等人針對藝文志派的「沒有方向的方向」和「寫印主義」，進一步闡發「鄉土文學」，提出了「描寫真實」「暴露真實」的「熱與力」的文學主張。這個作家群中的大部分作家也正是按照這個方向進行創作的。

山丁提倡並實踐鄉土文學。他的鄉土文學在三條路徑展開。一條是描寫農民的苦難生活，一條是暴露東北鄉村被「城市化、現代化」侵蝕的現實，還有一條路徑是描寫東北鄉土風俗：奇異風光、快意人生。小說《在土爾池哈小鎮上》〔註59〕，描寫土爾池哈的風情：這裡有一句不體面的諺語「一到土爾池

〔註56〕小松，人和人們〔M〕，長春：藝文書房，1942：1。
〔註57〕本書第六章「作家作品的面相」有對山丁其人其文的專門論述。
〔註58〕山丁，鄉土文學與《山丁花》〔J〕，明明，1937-1（5）。
〔註59〕山丁，在土爾池哈小鎮上〔M〕//山丁，豐年，北京：新民印書館，1944。

哈，女人全是你的」。這裡久違的老友見面用打對方的臉這種粗野的方式寒暄。這裡惟一的獸醫是個侏儒，常把一種毒藥拌在馬槽裏，然後向馬的主人敲一大筆竹槓，但這裡的人離不開他，還有點喜歡他。這裡的人寧可騎馬而不坐火車，有時甚至就睡在馬背上。這裡女人的情敵是馬而不是其他女人，女人雇人殺死情人「馬」而導致殺身之果……這有著馬爾克斯、博爾赫斯意味的小說，不是魯迅倫理批判式的鄉土小說，不是左翼社會分析式的鄉土小說，也不是京派精神寄託式的鄉土小說。山丁筆下的鄉土世界，獨立於中國現代文學中的鄉土經驗，具有魔幻現實主義特徵，同時隱含著對殖民現代性的批判。

王秋螢（1913～1996），一個「長髮白面」的青年。曾組織文學社團——「飄零社」，在《撫順民報》設「飄零」報中刊。後任《大同報》和《盛京時報》副刊編輯。出版短篇小說集《去故集》《小工車》和長篇小說《河流的底層》《風雨》。〔註60〕王秋螢的作品敏銳地表現了當時偽滿洲國急速「工業化」「現代化」帶來的苦難。殖民者所謂的「經濟開發」，致使東北偏僻的農村沒落，純樸的農民走向無望的墮落的生活。王秋螢不僅是作家、編輯、記者，還是文學史家。著有《滿洲文學史》《滿洲新文學之發展》《滿洲新文學之蹤跡》《滿洲古代文學檢討》《滿洲新文學年表》《建國十年滿洲文藝書提要》《滿洲新文學史料》《滿洲的詩壇》《滿洲雜誌小史》。〔註61〕

《文選》《文叢》同人作家群另一位重要作家是袁犀（1920～1979），袁犀中學時代開始創作小說，在奉天省立第二初級中學時，與同學組織「一角社」，醞釀出版文學刊物，沒有成功。袁犀作品多發表在《新青年》《明明》兩本雜誌上，第一篇《鄰三人》即受到好評，之後又發表了《海岸》《一隻眼齊宗和

〔註60〕小工車〔M〕，長春：益智書店，1941。

去故集〔M〕，長春：益智書店，1941。

河流的底層〔M〕，大連：實業遠洋，1942。

風雨〔J〕，新滿洲，第 6 卷 11 期開始連載，未刊完。

〔註61〕滿洲文學史〔N〕，大同報，1938-4-8～6-19。

滿洲新文學之發展〔J〕，新青年，1937（58～60）。

滿洲新文學之蹤跡〔J〕，明明，1937-1（6）。

滿洲古代文學檢討〔N〕，盛京時報，1941-9-10～24。

滿洲新文學年表〔N〕，盛京時報，1942-6-24～7-15.該文署名谷實。

建國十年滿洲文藝書提要〔N〕，盛京時報，1942-7-29～8-19.該文署名谷實。

滿洲新文學史料〔M〕，長春：開明圖書公司，1944。

滿洲的詩壇〔J〕，詩季，1940（春季號）。

滿洲雜誌小史〔J〕，青年文化，1944-2（1）。

他的朋友》等小說〔註62〕，版了小說集《泥沼》〔註63〕。袁犀的小說以街頭、巷里、暗夜、垃圾場為背景，展現社會角落裏的人生。「我們過去從不大注意到他們的生活，更捉摸不住他們生活的本意。他們的生，是不是知道在活著，死也隨便死在他們活著的地方。可是經作家指示給我們，他們不但是有生，還為著真實的人生而生，這裡邊的人物不煩惱，不苦悶，還不怕勞苦，他們是知道生活的。」〔註64〕袁犀把知識分子的某些意識加在了這些普通工人、妓女、小偷的身上，在他們身上尋找希望，也給他們以希望。他的小說常常給這些人一個出路──逃亡。《鄰三人》《海岸》《一隻眼齊宗和他的朋友》等都是以主人公出走而結尾的。袁犀清醒地知道，偽滿洲國呆不下去，必須逃離。他讓他筆下的人物如此，他自己的人生軌跡也是一個不斷逃離偽滿洲國的過程。〔註65〕

　　《文選》《文叢》同人作家群中，還有幾位頗為出色的女作家。梅娘（1916～2013）〔註66〕、吳瑛（1915～1961）、但娣（1916～1992）等。她們細膩的筆暴露了當時東北地區粗礪生活的另一面的現實。

（四）《作風》同人作家群

　　1939 年底，在奉天的田兵、石軍、楊野、也麗、夷夫、安犀、未名、成弦、崔束等人組織「作風刊行會」，出版了《作風》雜誌。《作風》只刊出一輯──「譯文特輯」便告停刊。《作風》譯文特輯，360 頁，24 萬字，共 27 篇譯文，包括小說、戲劇、散文、詩歌、論文等。計劃模仿「關內」作家編譯東歐弱小民族、國家的作品。但苦於原本材料難找，譯出的情況是：朝鮮三篇；保加利亞、西班牙、澳大利亞、挪威、俄國、德國各一篇；英國、美國各四篇；法國與日本各三篇。

〔註62〕鄰三人〔J〕，明明，1938-3（1）。
　　　　海岸〔J〕，新青年，1939（新年擴大號）。
　　　　一隻眼齊宗和他的朋友〔J〕，文穎，1941（2）。
〔註63〕泥沼〔M〕，瀋陽：文選刊行會，1941。
〔註64〕克莫，評《泥沼》〔M〕//陳因，滿洲作家論集，大連：實業印書館，1943：301。
〔註65〕1933 年，在奉天省立第二初級中學學生時，袁犀由於在「日語演講會」上，抵制日本教師強迫用日語對話而被勒令退學。1934 年，袁犀議論國事的書信被偽滿洲國警方發現，他被列入黑名單，為避禍逃到北京。1939 年冬返回瀋陽，參加文選刊行會，從事創作和地下抗日工作。1941 年，日偽製造了 12·31 哈爾濱左翼文學事件，進行大逮捕，關沫南、陳堤、王則、季瘋等相繼入獄，袁犀為躲避搜查，通過關係用 200 元錢買了一張「出國證」，再次逃亡到北京。
〔註66〕本書第六章「作家作品的面相」有對作家梅娘其人其文的專門論述。

　　《作風》同人作家群同關係緊張的《文選》同人與《藝文志》同人不同，《作風》同人反對文學上的「本桌主義」，他們同《文選》同人、《藝文志》同人關係都很融洽，在雜誌稿源上也互通有無，《作風》同人這種姿態在當時東北文壇很重要。新進作家以雜誌同人形成的幾個作家群，各自為營，幫派意識濃厚，之間常有摩擦。他們的分歧不是政治觀念上的對立，而僅僅是文藝運動的操作方法上的區別。《藝文志》同人主張「多寫多印」，《文選》同人主張「暴露」，《新滿洲》同人主張通俗。《作風》同人作家群的存在起到了團結和調解的作用。

　　這一作家群中，石軍和成弦的文學成就最為突出。

　　石軍（1912～1950）喜歡讀賽珍珠的《大地》，對土地有著濃厚的情感，經常吟誦尼采的格言「我的兄弟們！忠實於大地吧！」。他的小說《無住地帶》寫出了嚴酷的大地和荒涼的人生，兩個粗糲的漢子，在密林中謀生，不怕狼、不怕惡劣的氣候，卻被看似輕柔的霧鎖住，「掃不淨，撥不開的濃霧，白茫茫地，像一個網，纏繞著他。像一個彩謎，折磨著他，他怎的也回不去了，分辨不出東西，也分辨不出南北，也不知是清晨，也不知是黃昏。濃霧好像越緊越厚，永遠沒有消散的日子樣，緊鎖著他欲歸去的前路。」〔註 67〕忠於大地，大地卻同樣是無住地帶。石軍的《沃土》〔註 68〕，原題《蕪土》，因為要列入「滿日文化協會」的「東方國民文庫」之列，爵青為其改名為《沃土》〔註 69〕。雖改稱「沃土」，內容依然是「蕪土」——荒蕪的大地及在大地上謀生的沒有希望的人們。成弦（1916～1983）的詩，頗似徐志摩，詩白如話，卻意境遼遠；話白成詩，卻古韻悠揚。「我有最美麗的悲哀／作不謝的花環」（《愛人墳前》），詩中的哀怨、悽楚之情，穿越時空逼出今人的淚水。

三、通俗作家群

　　近代以來，隨著報刊業的興起，東北同樣出現了以賣文為生的作家，他們筆隨市場走，寫出了大量的消遣通俗讀物。偽滿時期，因為通俗作品遠離「國事」，出版相對容易，只要有市場，就能刊印發行。當時書刊市場流行著市井言情小說、武俠小說、幽默小說、偵探小說、反諜小說、綠林小說、探險小說、

〔註 67〕石軍，無住地帶〔J〕，華文大阪每日，1942-8（9）。
〔註 68〕石軍，沃土〔M〕，長春：滿日文化協會，1941。
〔註 69〕石軍，我與《沃土》〔J〕，青年文化，1943-1（4）。

實話小說，還有一些廣播劇本、電影腳本和閒情散文、詩詞、小品。〔註70〕這些作品很多無補於國仇家恨，但也表現了創作者自己的情感，在一定程度上安撫了孤寂的民眾心靈，其中一些作品還開拓了文學表現的領域。

這個作家群中晛空、張春園、李冉、李樺、陶明濬、任情、野鶴、李北川、呂諾等人的作品較為出色。《麒麟》雜誌是通俗文學的大本營〔註71〕，晛空的《大興安嶺獵乘夜話記》開探險小說先河，被譽為「令數萬人欣喜的滿洲第一部山林秘話小說」，小說不但拓展了通俗小說的題材領域，而且筆調色彩斑斕，引人入勝。之後的《韓邊外十三道崗創業秘話記》稍遜其色。張春園的市井言情長篇《花中恨》，可與「鴛鴦蝴蝶派」媲美。李冉的《荒草裏的男屍》《車廂慘案》，李樺的《畸形乳房的戀獄》《黑眼鏡的殺人放火》，被稱為新型偵探小說。師道大學教授陶明濬，以寫性愛作品繁多而著稱，據他的學生崔束（高柏蒼）介紹陶師先後創作了 99 部通俗小說〔註72〕，例如《紅樓夢別本》《雙劍俠》《陳公案》等。報界中人穆儒丐的《福昭創業記》《新婚別》《如夢令》等章回小說有較高的藝術價值及豐富內含〔註73〕。

四、流寓作家群

20 世紀前後，東北因其獨特的地理位置和便利的鐵路交通，成為歐亞大陸經濟、文化交流的樞紐，也是文人流動的場所。當時的國際鐵路——西伯利亞鐵路，在中國的支線為中東鐵路，西伯利亞鐵路和中東鐵路被稱為歐亞大陸的橋，將中國與歐洲聯結起來，北京—莫斯科—倫敦只需兩個星期。瞿秋白、胡適、章士釗等人先後在這裡停留活動，周邊的日本、朝鮮、俄國也有大量的文人流入，這樣在東北地區就形成了一個特殊的作家群落——流寓東北作家群。

流寓東北的作家中，有關內的著名文人，如張恨水曾留住瀋陽，並為錢芥塵創辦的《新民晚報》寫出連載小說《春明新史》。舊派武俠小說俠情派小說

〔註70〕偽滿洲國通俗文學作品，見詹麗編，偽滿洲國通俗作品集〔M〕，哈爾濱：北方文藝出版社，2017，相關研究，見參見詹麗，偽滿洲國通俗文學研究〔M〕，哈爾濱：北方文藝出版社，2017。

〔註71〕關於《麒麟》雜誌中的通俗文學研究，請參見劉曉麗，從《麒麟》雜誌看東北淪陷時期的通俗文學〔J〕，中國現代文學研究叢刊，2005（3），劉曉麗，偽滿洲國的「實話·秘話·謎話」——以《麒麟》雜誌為例〔J〕，博覽群書，2005（9）。

〔註72〕2004 年 8 月 16 日，在瀋陽高柏蒼家中訪問，存錄音資料。

〔註73〕關於穆儒丐的研究，請參見李麗，旗人作家穆儒丐研究〔M〕，哈爾濱：哈爾濱工程大學出版社，2021。

家王度廬，也長時間在瀋陽、大連、鐵嶺等地教書，他的許多武俠名著，都具有東北地方色彩。有在東北成長起來的作家，楊朔在哈爾濱某銀行工作，時常給《國際協報》寫稿子，他的散文《垃圾天堂》被偽滿洲中央放送局選為「推薦放送文學」。還有共產黨和國民黨派往東北的文化工作者，他們的作品較少，但培養了一大批有愛國意識的青年作家。

流寓東北的作家文化身份差異很大，他們沒有趨同的文學觀念，也很少相互往來，但他們的創作豐富著、影響著當時當地的文學，為雜色的東北文學又塗上一筆。

五、帝制大臣作家群

鄭孝胥、羅振玉、張錫蘭、白永貞等舊式文人追隨認同溥儀皇帝，他們的文章也不斷地出現在當時的東北地區的報刊雜誌中〔註 74〕，形成東北帝制大臣作家群。一些報刊以發表他們的文章為榮，也有出版機構為他們出版單行本的作品集。輯有鄭孝胥、許汝茶、羅振玉、寶熙、吳燕紹、何其楷等 36 人的舊體詩的《曼殊雅頌》，作為「東方國民文庫」之一出版。記述溥儀訪日及歸來活動的散文集《回鸞訓民詔書美譚》由奉天滿洲通訊社出版部出版。

這一作家群落的作品中情緒非常複雜。有人欲借日本人的軍事力量復興清國夢想，信仰「王道政治」，當這些夢想破滅後，他們又夢想做真正的偽國皇帝的大臣，關東軍明確告訴他們日本天皇才是真正的主子，「滿洲國」的政治是「皇道」不是「王道」。這些詩詞歌賦中有著「雜亂的條理、矛盾的真實」，也流露出一些曲曲折折的複雜情緒。鄭孝胥的《四月十九日辭國務總理得允》一詩「……千秋酸寒徒，豈易覓吾耦。營營鼠窟中，莫復論誰某。造物定何意，留此老不朽。知我者天乎，聞訊堂下柳。」〔註 75〕這其中有後悔，有自嘲，其中複雜的心態值得認真揣摩。

瞭解「滿系」作家群情況後，下面以兩位作家的作品──吳瑛的《新幽靈》〔註 76〕和古丁的《新生》〔註 77〕兩部小說為例，細察「滿系」文學如何回應

〔註74〕偽滿洲國的舊體詩文作品，見陳實、高傳峰編，偽滿洲國舊體詩集〔M〕，哈爾濱：北方文藝出版社，2017。
〔註75〕鄭孝胥，海藏樓詩集〔M〕，上海：上海古籍出版社，2003：428。
〔註76〕吳瑛，新幽靈〔M〕//吳瑛，兩極，瀋陽：文藝叢刊刊行會，1939。
〔註77〕古丁，新生〔J〕，藝文志，1944（4），後出版單行本《新生》，長春：藝文書房，1945。

殖民統治的文化宣傳。此外，這兩部小說是以周邊世界和自身為素材的現實主義作品，由此還可看到殖民地生活的側面及作者的內心世界。

吳瑛的小說《新幽靈》以殖民地「新中間層」的日常生活為主要內容。殖民現代性伴隨著現代產業和現代家庭的建設，殖民地社會也努力營造一種新中間層「現代生活」模式。受過教育的殖民地青年，他們在城市的行政機關、產業工廠、商業公司做下級官吏、技術人員、辦公室職員，每月領取固定的薪水，形成社會上的新中間層。典型的新中間層家庭模式是城市核心家庭──青年夫婦和一二個活潑健康的孩子。以新中間層為題材的宣傳畫張貼在「新京」、奉天和哈爾濱等都市公共場所，一方面為殖民地招攬現代產業的勞動者，一方面為殖民地青年營造「樂土」的夢想。吳瑛的小說揭開了新中間層的面紗，小說寫了兩個空間，一個是城市中的核心家庭，一個是「官廳」的現代辦公室，大學生丈夫即官廳裏的下級職員把這兩個空間串起來。家裏，夫妻間格格不入，居家的春華嫂成天想著靠哭鬧和生兒子來攏住丈夫，大學生丈夫對妻子當面順從背地裏找女人「逛道」（去妓院）。官廳辦公室裏，只要說日語的科長在，四個職員就假裝認真工作，科長一走，他們就「鬆快」（東北方言，放鬆的意思）起來，這個辦公室徒有現代的軀殼而已，裝神弄鬼的高壓和應付了事是每天的節奏。小說中的新中間層既沒有恩愛和睦的小家庭，也不是勤勞奉公積極向上的現代員工，吳瑛把新中間層隱喻為「新幽靈」。

《新幽靈》拆解了偽滿洲國致力營造的「良好生活」，暴露其幽暗內核。小說還展示出殖民傷痕如何切入殖民地人的精神世界。大學生在家應付妻子，上班應付「科長」，不認真生活，不認真做事。「應付鬼子」在現在的東北是一句俗語，其背後的淵源正是來自東北殖民時代。殖民地人「應付鬼子」在一個意義上是他們消解殖民統治的一種方式，但在另外的一個意義上也敗壞了他們自己的生活──對自己的真實生活也採取得過且過的態度。殖民統治，掠走的不僅僅是物質，還帶來了精神生活的淪落。生活在殖民統治下的東北、與日本人共事的新階層，始終要面臨殖民者的淫威、貪婪和鄙視，為了生存下去，精神萎靡或淪落幾乎成為不可避免之事，為了「明哲保身」，「陽奉陰違」地應付生活。殖民主義在精神上的侵蝕傷痕更為持久並難以修復，需要幾代人的自我治療。

與吳瑛的《新幽靈》消解殖民宣傳相反，古丁的《新生》是一部合作之作。

《新生》的主題是「民族協和」——「日」「滿」協和。該小說曾獲第二屆「大東亞文學賞」次賞。小說的主要內容:「百死毒」(即鼠疫)流行期間,主人公「我」因鄰居染病死亡,「我」一家人被迫健康隔離,在隔離病院「我」被日本人白眼也得到日本人的幫助,最後與日本人秋田相互幫助渡過難關。出院後,與日本人一起總結撲滅病毒的關鍵是民族協和。對該小說的解讀,有兩種對立的觀念,一種認為是屈服於日偽淫威的漢奸文學〔註78〕,一種是同情其背後的曲折隱情給予正面解讀〔註79〕。一種是批判,一種是同情理解。兩種解讀依據各自的時代、立場和文化背景,對於理解該作品都有一定意義。本書這裡從反省殖民主義與殖民傷痕的角度來解讀這篇作品。在偽滿洲國,殖民者用「暴力」和「說服」兩套策略實施統治,關東軍是侵佔鎮壓的暴力,而「協和會」實施宣傳說服,製造出各種理論和意識形態話語,如「新滿洲」「五族協和」「王道樂土」「現代文明(包括教育、衛生、育兒、婦女觀念等)」等,與殖民者合作的文士們在這些意識形態話語中讀出了一種進步、平等的氣息,欲借「民族協和」來謀求「民族平等」,欲借「現代文明」謀求「民族進步」。這是古丁小說背後隱情之一。《新生》取自古丁本人的一段經歷。1940 年秋,「新京」流行鼠疫,因為鄰居患病身亡,古丁一家被迫強制隔離一個月。這段隔離病院生活,古丁稱給自己帶來了「極大的精神震盪」〔註80〕。所謂精神震盪,是指隔離病院中的生活讓古丁強烈地感到了民族差異與民族歧視。古丁因其文學才華和流利的日語,成為偽滿洲國文化界的名流,很多日系文人也敬重他。但是到了隔離病院,所有的這些都毫無意義,人們只按種族分為「滿人」和日本人,並區別對待。這樣的經歷,讓古丁主動地親近「民族協和」這個意識形態口號,這也是古丁寫出《新生》這篇協力殖民者作品的一個契機吧。不僅如此,在北京大學讀過書並深深喜愛魯迅作品的古丁,深知國民性理論。他的思考邏輯是:要實現「民族協和」,需得民族平等相待,而欲平等相待得改

〔註78〕 東北現代文學史編寫小組編,東北現代文學史〔M〕,瀋陽:瀋陽出版社,1989,鐵峰,古丁的政治立場與文學功績——兼與馮為群先生商討〔J〕,北方論叢,1993(5)。

〔註79〕 〔日〕岡田英樹認為《新生》中的「民族協和」,其背後是知識分子的啟蒙觀念。見〔日〕岡田英樹,續·文學にみる「滿洲國」の位相〔M〕,東京:研文出版,2013,梅定娥認為古丁以「民族協和」名義,呼籲從即將垮臺的日本人那裏接受知識和技術,為將來治理自己的國家做準備。見梅定娥,妥協與抵抗:偽滿文化人古丁的創作及出版活動〔M〕,哈爾濱:北方文藝出版社,2017 年。

〔註80〕 徐古丁,譚〔M〕,長春:藝文書房,1942:38。

造國民性。小說道出：對百死毒，「日系」有著科學而正確的觀念，他們遵守秩序，安安靜靜。而「滿系」關於細菌、傳染病的知識幾乎為零，不講衛生，吵鬧不守秩序。小說中的「我」給自己的鄰居鞋匠陳萬發講解「撲滅老鼠」「細菌感染」「打預防針」等相關知識，可陳萬發根本不把「我」的話當回事。在隔離病院裏，看護婦區分對待「滿人」和日本人，作者議論道——「這是怨不得誰的」。之所以受歧視，原因在自己的低劣，要想徹底改變，得先改變自己。這套話語正是殖民者炮製出來並極力宣傳的殖民主義邏輯：「日本是先進的、文明的，滿洲是落後的、低等的；落後的、低等的滿洲需要先進的、文明的日本來統治；這是統治者和被統治者一致的願望。」〔註81〕

　　《新生》並非一篇迫於外部壓力下不得不寫的作品，而是自發協同殖民者觀念的作品，但這背後有作者自己的理想訴求，或啟蒙或改造國民性或尋求平等，但是在這個充滿矛盾的危險嘗試中，協同者跌入了殖民者的邏輯。深陷現代性理論的文士們，容易陷入這個邏輯之中。古丁另一篇協力「民族協和」的作品《西南雜感》，表述到：「如果用民族協和的力量去開發，熱河會一躍而為我國的產業地區，更可為東亞的產業地區。」熱河明日構想是：「水力發電所的建設，地下埋藏的稀少金和石炭鐵銅的發掘和礦業區的建設，高架鐵道的開設，電燈明亮，收音機齊備，興亞礦工大學設立，溫泉旅館和療養所設置，奶酪畜牧業振興，各部落國民學校和縣屬健康所開設，紡織工廠設立，杏、梨、栗、棗之外還有蘋果園，植造的松林，蒸汽船的定期運行……」〔註82〕這種把現代文明變成拜物主義，忽略其背後的殖民暴力，殖民者壓迫的話語變成了社會文明進步的可能性，如果不對此進行深入的反省和揭示，這種殖民主義邏輯經過改頭換面就會重新出現在今日世界。

第三節　「日系」文學：虛妄與傲慢

　　滿洲傀儡國成立後，移居中國東北地區的日本人越來越多，除關東軍之外大致可以分為這樣幾類：一類是來殖民地政府任職的各類大小官吏和教育機構任教的文化人；一類是借助日本殖民力量來此獲得資本利益的商人；一類是隨日本大陸政策而來的開拓團農民。至偽滿洲國結束時，在中國東北居

〔註81〕日本殖民者的邏輯，請參見本書第一章「打開『新滿洲』：宣傳、事實、懷舊與審美」。
〔註82〕古丁，西南雜感〔J〕，藝文志，1944（9）：28，33。

住的日本人已經達到 150 萬人，在「新京」、奉天、大連等都市日本人口占20%～40%，他們中的文藝愛好者，在偽滿洲國組織文學社團，創辦文學報刊雜誌，展開文學活動，形成了偽滿洲國的「日系」文學〔註83〕。

在偽滿洲國出現以前，日本在東北的租借地「關東州」就聚集了一群日本文人，他們創辦了各種同人雜誌，例如短歌雜誌《翠鳥》《夕陽》《滿洲短歌》等，俳句雜誌《黑磚》《洋槐》等，詩刊《曉》《亞》《北滿歌人》等，還有綜合性雜誌《滿蒙》《新天地》《滿洲評論》《滿洲公論》《協和》等。其中詩刊《亞》被認為是日本現代詩的源起之點〔註84〕，引領日本國內詩壇。偽滿洲國之後，日本勢力波及東北全境，日本在「滿洲」的文學活動也起了變化，提出「滿洲獨自」文學，日本人的文學不再作為日本延長線的地方文學，而是作為「滿洲國」「國家」文學的一部分，是「滿洲國」的「日系」文學，以配合偽滿洲國的「建國」理念──「五族協和、王道樂土」。

在偽滿洲國的「日系」文人集團有這樣幾類：左翼轉向作家、浪曼派作家、流寓滿洲作家、「大陸開拓」農民作家等。左翼轉向作家有山田清三郎、大內隆雄、牛島春子、綠川貢、野川隆、橫山敏男、林田茂雄、上野壯夫等；浪曼派作家有北村謙次郎、橫田文子、坪井與、檀一雄等；流寓滿洲作家：川端康成、岸田國土、林房雄、菊池寬、久米正雄、中村武羅夫、武者小路實篤、島木健作等。很多「日系」文人／作家是偽滿洲國「培養」起來的，他們原為各行各業的普通日本人，因為身居「滿洲國」，殖民者的絕對優越感，給他們一種幻覺──人種和文化優秀──可以做任何事情。「把日本的文學橫向移植到

〔註83〕「日系」作家系列研究代表性文著有：大內隆雄，滿洲文學二十年〔M〕，長春：國民畫報社，1944，單援朝，漂洋過海的日本文學〔M〕，北京：社會文獻出版社，2016，劉春英，馮雅，「新京」時代的日本作家〔M〕//偽滿歷史文化與現代中日關係，尚俠編，北京：商務印書館，2014。

日系文獻，根據東北三省圖書館藏的相關統計數據，1945 年前的東北地方文獻資源庫存有日文報紙 61 家，日文雜誌 769 種。其中，文學、藝術類期刊有30 種，一些綜合、專業雜誌也闢有文學欄目。東北地方文獻聯合目錄編輯組編，東北地方文獻聯合目錄（第一輯報刊部分）〔M〕，大連：東北地方文獻聯合目錄出版，1995 年。

「日系」作品見劉曉麗主編「偽滿時期文學資料整理與研究」叢書之《偽滿洲國日本作家作品集》（大久保明男、岡田英樹等編譯），哈爾濱：北方文藝出版社，2017 年。

〔註84〕參見王中忱，殖民空間的日本現代主義詩歌〔C〕//王中忱，越界與想像──20 世紀中國、日本文學比較研究論集，中國社會科學出版社，2001。

滿洲國殖民地，並促使在滿日本作家的創作添加滿洲的地域特色，從而提升原本低下的滿洲文化。」〔註85〕身處殖民地階層上位的日本人發表作品十分容易，原本在日本本土很難做到的事情，在偽滿洲國卻唾手可得，有些日本人就藉此便利條件成為「作家」，當時僅「滿洲文話會」（1937 年）有記錄的日系「作家」高達 400 多人。〔註86〕而所謂的「開拓文學」，如「大陸開拓文藝懇話會」編的《大陸開拓小說集》和「農民文學懇話會」編的《農民文學十人集》，很多就出自於「開拓團」中的日本農民之手。這些日本文人，創辦文學社團和報紙雜誌，發表大量的日語文學作品。舉例如下：

青木實：短篇小說集《北方の歌》

北村歉次郎：短篇小說集《歸心》《春聯》《一種環境》

竹內正一：作品集《冰花》《哈爾濱入城》

高木恭造：小說《奉天成附近》《肉體的圖》《風塵》《鄉村醫生》

上野凌嶸：小說《新村》《嫩江祭》

古野治夫：小說《輕薄乂化草紙》

山田健二：短篇小說集《娘娘祭的時候》

北尾陽三：短篇小說集《野狐》《虛脫》

長谷川濬：短篇小說集《鳥兒順河》，長篇小說《星雲》

山田清三郎：四卷本長篇小說《建國列傳》

德永直：長篇小說《先遣隊》

橫山敏男：長篇小說《新京郵信》

「大陸開拓文藝懇話會」編《大陸開拓小說集》

「農民文學懇話會」編《農民文學十人集》

「滿洲移住協會」編《潮流 大陸歸農小說集》

　　「日系」作家創辦的主要文學雜誌有：《藝文》《作文》《滿洲評論》《新天地》《滿蒙》《高粱》《摩登滿洲》《滿洲浪曼》《開拓文苑》《斷層》《滿洲詩人》《北窗》《月刊滿洲》《協和》《女性滿洲》《觀光東亞》《滿洲觀光》等，此外還有刊登文學作品的報紙：《滿洲新聞》《滿洲日日新聞》《大連日日新聞》《哈

〔註85〕〔日〕大谷健夫，地區與文學·關於殖民地文學〔J〕//滿洲文藝年鑒，1937（1），這裡引自遼寧社會科學院文學研究所編，東北現代文學史料〔J〕，1982（5）：236。

〔註86〕〔日〕尾崎秀樹，舊殖民地文學的研究〔M〕，陸平舟等譯，臺灣：人間出版社，2004：101。

爾濱日日新聞》等。除此之外，一些「日系」文人的作品還時常出現在《藝文志》《新滿洲》《麒麟》《青年文化》《盛京時報》等中文報刊上。

今日重讀這些「日系」文學，並非為文學審美，而是觀察殖民者記錄的殖民地生活場景，以及殖民者的內心世界。如前所述，來滿的殖民者各懷目的、各式各樣，有高高在上的壓迫者盤剝者，有被裹挾而來的赤貧者和知識分子，還有心懷「大陸」夢想的人；有與政治、意識形態、軍人融為一體的軍國主義文士，同時也有反省殖民政策心懷夢想的知識人。軍國主義的筆部隊，有專書考察〔註87〕，這裡以幾部普通「日系」文人的作品，細察殖民者的文學如何表現當時的世界，其對日本殖民的反省及反省的限度與陷阱，由此看殖民主義在殖民者身上的烙印。

詩歌是「日系」文人活躍的文學領域，他們與「滿系」文人交往唱和較多。山丁主編的詩歌雜誌《詩季》刊有很多「日系」作家的抒情小詩，如高橋勇的《虹·春綠·彌撒》（楊葉譯）、長畑博司的《天壇》（司馬歸譯）、石川啄木的《啄木之歌》（一言譯）、吉田絃二郎的《海參崴的花洋布》（共鳴譯）等。編輯兼譯者楊葉在高橋勇等《虹·春綠·彌撒》附記中說：「《詩季》輯稿時，高橋先生特意把近作給我。我願向《詩季》的讀者介紹這位關心滿洲詩運的詩人。」〔註88〕這些「日系」詩人積極地要參與到中國文人自辦的雜誌中來，其背後的目的因人而異，這裡無力考索，但可以從他們的詩作中，窺知其情緒的一二。

> 松花江冰解，
> 又乘扁舟蕩來。
> 溫存的，
> 這色與香，
> 我向青天張臂擁抱，
> 虛測的這渴戀的心呦！
>
> ──高橋勇《虹·春綠·彌撒》〔註89〕
>
> 探求新心境，
> 今天又來到不知名的街上，
> 彷徨著。

〔註87〕例如：王向遠，「筆部隊」和侵華戰爭──對日本侵華文學的研究與批判〔M〕，北京：北京師範大學出版社，1999。

〔註88〕楊葉，《虹·春綠·彌撒》附記〔J〕，詩季，1940（春季號）：25。

〔註89〕高橋勇，虹·春綠·彌撒〔J〕，楊葉譯，詩季，1940（春季號）：25。

感到朋友都高於我的日子。

買花歸來，

與妻親善。

眼是閉上了，

心卻無一事，

未免太寂寞，又把眼睜起。

垂著紫袖，

有支那人仰視天空，

在公園的午後。

　　　　　　　　──石川啄木《啄木之歌》〔註90〕

夜間九點工場汽笛的齊鳴，

如同由地底發出的呻吟，

在雪夜中消逝了的汽笛的聲音，

勞動！奮鬥！離散！以及死亡！

　　　　　　　──吉田絃二郎《海參崴的花洋布》〔註91〕

　　這些「日系」詩人的詩，大多以「滿洲國」為背景，其中蘊含莫名的感傷。他們或者在春日「渴戀」著什麼；或者在不知名的街上「彷徨」，和仰視天空的中國人一樣「寂寞」；或者高喊「勞動」「奮鬥」之後，想到「離散」「死亡」。在當時的日本本土社會，文人知識分子和政治、意識形態、軍人幾乎融為一體，作家中不乏軍國主義者。而這些因各種原因被「驅趕」到「滿洲」的文人，歸根結底是作為殖民者來到中國，對中國人來說，他們是入侵者，但這其中的部分人也有隱隱的區別於日本本土知識分子的文人情懷，這和他們既是「異鄉人」又是「主人」的特殊身份相關。來「滿洲」日本文人中，有一些既是加害者，同時也是受害者，這種複雜身份和心境，致使他們的詩中普遍地流露著那種莫名的感傷情緒。

　　「日系」作家的小說是另外一種情緒。牛島春子的《祝廉天》（又譯《姓祝的男人》）〔註92〕，塑造了一位「滿人」翻譯官吏「廉潔、公正、勤懇」的形象。該作品獲日本芥川賞候補之作。「滿人」形象在「日系」小說中，常常

〔註90〕石川啄木，啄木之歌〔J〕，一言譯，詩季，1940（春季號）：23。
〔註91〕吉田絃二郎，海參崴的花洋布〔J〕，共鳴譯，詩季，1940（春季號）：23。
〔註92〕牛島春子，祝廉天〔J〕，新滿洲，1941-3（6）。

是「貪婪、無操守、懶惰」的代名詞；在古丁等「滿系」作家的作品中，是「愚昧、落後」有待啟蒙的對象；在「鮮系」和「俄系」作品，也很難見到正面、正常的形象。牛島春子在小說中塑造的「滿人」──桀驁不馴、個性鮮明，可說是可貴之點，而且小說還挖苦了傲慢無識的日本官吏，稱他們是「聾」「啞」人──因為語言問題無法與當地人溝通，暴露出一個不會說漢語的日本官吏管理 30 萬縣民的空虛和恐懼，「勉強施行建立在三十萬縣民之上的政治，……一想起來就後背直冒冷汗。」牛島春子是一位左翼轉向作家，來「滿洲國」之前曾因為參加勞工運動兩次入獄，獄中被迫寫下《轉向聲明書》，1936 年牛島春子作為來滿日本官吏牛島晴男的妻子，旁觀「滿洲國」的政治治理，有著客觀清醒的認識，「滿洲國」毫無根基。貌似強大的雄飛海外的「大和民族」根本不是「滿人」的對手。雖然如此清醒，但是小說最後還是落到了「民族協和」的窠臼，「廉潔、公正、勤懇」的祝廉天對日本人上司忠實無比，與這樣的「滿人」協和，「新滿洲」才能建立起來。這裡的邏輯與「滿系」作家古丁相似，一個是要改造「滿人」國民性，一個是要洗去日本人的驕傲凌人之氣。由此，這裡還是透露出殖民者天然帶有的高於其他民族的盲目自信，其背後隱現的是殖民主義邏輯。

北村謙次郎的小說《某個環境》〔註 93〕，講述了日本少年忠一由東京到「滿洲」，在殖民地上學、工作、生活的故事。少年時在「關東州」讀書與當地人愉快交往毫無芥蒂，但是成年後已是作家的忠一與「滿系」作家交流充滿齟齬「非常寂寞」，作品最後以忠一立志扎根「滿洲」、建設「滿洲」結束。北村謙次郎在大連度過了中小學時代，後在日本國學院大學讀書，曾是日本浪曼派同人，1934 年就職《滿洲日報》記者，後任「滿映」職員，他對「滿洲風土」懷有感情，在字裏行間充滿溫情。作品裏的主人公忠一充滿熱情真心與「滿系」作家交往，而且能夠「想著滿人、白俄人、那些和自己在不同環境中長大的人們」，願意真誠地對待這些差異，欲與他們建立超越民族的「協和」。同時小說對「滿洲國」的文藝政策有反省和批評。作家的感情和小說中忠一的感情都是真誠的個人情懷，無須懷疑；對「滿洲國」文藝政策及組織形態的批評，也可見作者冷靜的反省精神。但是「我喜歡，我就要扎根在這裡」，「我熱心與

〔註93〕北村謙次郎，某個環境〔J〕，滿洲浪曼，1939～1941，收入偽滿洲國日本作家作品集〔M〕，〔日〕大久保明男等編，韓玲玲譯，哈爾濱：北方文藝出版社，2017。

你交往，你須同樣回應。」這裡有殖民者的任性和有意無意的居高臨下的姿態，背後藏著他們自己難以察覺的心理現實：生逢其時，浮躁於一個民族的知識分子階層中的——令人吃驚的自信——世界以我族為中心展開。

　　竹內正一的小說《馬家溝》〔註94〕，寫的是哈爾濱馬家溝貧民區的生活。懷有八個月身孕的王秋琴還在為一個俄國人開辦的苗圃農場工作。她嫁給了一個游手好閒的丈夫，婆婆對她也百般刁難，在家境越來越貧困的狀態下，婆婆竟逼她出去賣淫。她求助於自己的父親，父親卻以「嫁出的女，潑出去的水」為由，無心也無力保護她。最後她靠自己到處打工謀求自己和一家人的生活。王秋琴如蕭紅的筆下的「王阿嫂」，在無愛的凄厲的生存空間裏，如泥鰍般地活著。在惡劣的生存之境中，女性承擔了更多的苦難，除了和男性同樣承擔政治的、自然的苦難外，還要承擔「生」的苦難。竹內正一的小說中少了些蕭紅的階級意識和悲憫情懷，但也從一個側面觸及到了女性悲苦和「滿洲國」的現實，並對筆下的人物也充滿了同情，但是作為殖民者來到「滿洲」的竹內正一，他的同情是居高臨下的，且帶著鄙視：

> 　　這個娘們是把自己那十三歲的大閨女以下的七個孩子都留在家裏跑出來作工的。
>
> 　　松花江泛濫起來，濁水由道里流到道外，浸滿了窪地。很多的滿人仍然悠然自適的各自在家裏鎮定的過著日子。直待那土磚砌成的壁，以及用草與泥蓋成的房頂，悉被激流沖潰了的時候，這才什麼東西都顧不得，拼命的向南崗的高坡上逃跑的不知道有多少。〔註95〕

　　牛島春子、北村謙次郎、竹內正一，對周遭生活有細緻的觀察和清醒的反省，也有文學家的表現才華，作品中展示了很多「日系」作家所未見之處——精幹的中國人，中國人的苦難，洞察到「滿洲國」嚴峻的民族問題——「五族協和」的困境與虛偽，並試圖經過個人的努力實現超越意識形態的「協和」。牛島春子的另一部小說《苦力》〔註96〕，描寫了日本人勞務監管與中國苦力之間構建起超越民族的信賴關係。但是作為殖民者來到東北的他們，其背後是侵略者——關東軍，這在東北人民看來就是強盜闖入了自己的家園，他們跑到「滿洲」來實現「民族協和」，而不是在自己的日本國搞多元協和。在殖民地

〔註94〕竹內正一，馬家溝〔J〕，共鳴譯，藝文志，1940（3）。
〔註95〕竹內正一，馬家溝〔J〕，共鳴譯，藝文志，1940（3）：216。
　　　　其中的「道里」「道外」「南崗」均為哈爾濱市區內的地名。
〔註96〕牛島春子，苦力〔J〕，滿洲行政，1937（10）。

是有心地善良心懷夢想的「日系」知識者，他們作為個體可能是自信滿滿地誠心誠意地來到殖民地進行「經濟建設」和「文化建設」，但是他們的誠意和辛勞是掛在殖民框架上——侵略與被侵略、佔領與被佔領、奴役與被奴役，雖然日本殖民者在東北地區沒有實施其在臺灣和朝鮮的「皇國臣民化」的民族同化政策，而提出貌似溫和現代的「五族協和」，但這不能改變其殖民性質。殖民者雖然各式各樣各懷目的，但卻在不同程度上落入了殖民主義的邏輯，至今未見那種可以超越殖民主義的強大心靈和偉大作品。一個民族的虛妄，以文學的傲慢也得以見證。

第四節 「鮮系」文學：迎合與拒絕

　　1910 年日本吞併朝鮮，很多朝鮮人跨過圖們江移居在當時被稱為「間島」的延邊地區。「滿洲國」成立後，日本帝國以「開拓民」的名義強制半強制的手段將大量朝鮮農民輸送到東北地區。此外還有一些服務於「滿洲國」的官僚及醫生、律師等中間階層朝鮮人湧向大陸。至 1940 年代，在「滿洲國」的朝鮮人達到 200 萬人以上，半數以上居住在「間島」地區——延吉、和龍、汪清、琿春、安圖等地，他們有自己的學校、新聞報紙、文學藝術等。

　　在滿洲傀儡國的朝鮮人身份含混而複雜。「滿洲國」號稱日、漢、滿、蒙、朝「五族協和」，但朝鮮人始終以「鮮系日本人」的身份，接受朝鮮總督府的統治〔註97〕。也就是說，根據「滿洲國」「國策」，他們是「滿洲國」國民，但根據「日韓和邦」，他們又成了擁有「日本國籍」的「皇民」。居住在「滿洲」的朝鮮人擁有「日」「滿」「雙重國籍」。這樣含混的身份，讓「鮮系」作家對「滿洲國」、日本人和東北世居民族的態度搖擺不定。「滿洲國」曾經是部分「鮮系」作家的「自由」之地。日本在朝鮮力推「內鮮一體」，實施「皇國臣民化」的民族同化政策，1937 年制定了《皇國臣民的誓詞》，1938 年將日語作為「國語」，廢除朝鮮語教育，除《每日新報》外全面禁止朝鮮語報刊，1940 年規定朝鮮人改名日本姓氏〔註98〕，強制朝鮮人參拜日本神社等。而來「滿洲國」的

〔註97〕朝鮮總督府，1910 年 8 月 22 日，在朝鮮的日本軍隊包圍漢城（今首爾）的皇宮，強迫韓國皇帝李坧簽署《日韓合併條約》，朝鮮全境被日本吞併，由此統監府轉變為總督府，朝鮮總督由日本現役陸軍或者海軍大將擔任。

〔註98〕很多朝鮮作家改用日本姓氏，例如：朴榮濬改名為木下榮濬，李光洙改名為香山光郎，李石熏改名為牧羊，洪鐘羽改名為青木洪。

朝鮮人可以是「五族之一」的朝鮮民族身份，用朝鮮語寫作，不用「創氏改名」
——改用日本姓氏。兩權相害取其輕，來「滿洲」是一種生存之道，也可以是
一種拒絕做「皇民」的姿態——抵制殖民程度更高的「皇民化」運動。由此也
形成一個悖論，一些「鮮系」作家在朝鮮半島，抵抗日本殖民，到了「滿洲國」，
卻主動迎合日本人——迎合或者利用日本在「滿洲國」的殖民政策。而面對東
北世居民族時，朝鮮人有時又顯示出「準高等民族」「準統治者」的姿態，套
用他們所反對的殖民主義的邏輯——在心理上自視高於「滿洲國」的世居民
族。這樣一些絞扭的觀念也體現在「鮮系」文學中〔註99〕。

　　金鎮秀的小說《移民之子》，講述了隨朝鮮「開拓團」來「滿洲」的朝鮮
農民的生活。日本侵佔東北後，為不斷膨脹的侵略野心做準備，作為「大陸
戰略」策劃的一個部分，將佔領地朝鮮半島的部分農民強制或號召移居到中
國東北地區，設立「集團部落」，開墾荒地、種植水稻。很多朝鮮農民因此來
「滿洲」謀生。小說中的「石頭一家」是這樣的「開拓民」，所在的村莊是朝
鮮人「集團部落」。小說細緻地描繪了這些朝鮮農民的日常生活。被「移民會
社」的人欺騙；在沒有道路沒有房屋的地方艱難開荒求生；有人適應不了東
北的冬天，有凍死的，有凍殘的；還不得不為「國家」勤勞奉公服役。小說
還展現了朝鮮農民的精神狀態，原本樸質的朝鮮農民開始喝酒、賭博、偷盜，
女人和孩子沒有了歡聲笑語。而且「剛剛從朝鮮來到此地的時候，家家都有
充足的人手幹農活，但是三年來病死的病死，傾家蕩產的傾家蕩產。」作者
議論道：「村民們迫於生計來到這遙遠的地方生活，想的更多的是利害，而不
是是非。他們需要的不是真實，而是溫飽，對於他們來說，沒有餘地去想那
些事情。」〔註100〕讀到這樣的文字，我們不得不佩服作者的洞察力和描述真
實的勇氣。在「滿洲國」嚴格的審查制度和高壓政策下，真實描述本身就是
一種控訴，需要作者具有相當大的勇氣。但是在這樣一部暴露黑暗的作品中，
作者卻有著這樣對待東北世居民族和日本人的態度。

　　　　在這山溝裏老死，連一個送葬的人都沒有，和滿洲人的屍體一
　　道隨處一扔，讓野狗啃食……噯，好慘！

〔註99〕 「鮮系」作品見劉曉麗主編「偽滿時期文學資料整理與研究」叢書之《偽滿
　　　　洲國朝鮮作家作品集》（崔一、吳敏編等編譯），哈爾濱：北方文藝出版社，
　　　　2017。
〔註100〕 金鎮秀，移民之子〔N〕，滿鮮日報，1940-9-14～27，這裡引自偽滿洲國朝鮮
　　　　作家作品集〔M〕，崔一、吳敏編，哈爾濱：北方文藝出版社，2017：152。

德順（石頭的爸爸）看見石頭能和日本人說話，高興得都不知
如何是好。〔註101〕

殖民主義的傷痕能多深地切入殖民地人的精神之中？殖民者的觀念通過
各種媒介各種形態以各種方式慢慢地植入受殖者的意識，不知不覺中，同樣是
被剝奪被殖民的朝鮮農民，面對「滿洲人」時有一種高等民族的心理——死了
也不願與「滿洲人」為伍。而對於欺騙過自己的日本人，卻極力追趕要成為他
們中的一員或者哪怕是能與之接近的人。我們清理東亞殖民主義時，要考察殖
民主義滲入的各個角落，哪裏被侵蝕？哪裏的創傷已經結痂，又在哪裏被屏蔽
了？

金達鎮的詩《鄉愁》，寫出了朝鮮人的被迫漂泊的無可改變的運命。

> 我漂泊的夢本應冰一般寒冷
>
> 因為並非恍然悔悟
>
> 那悲傷也沒什麼可以反芻
>
> 就像突然丟失了什麼
>
> 黑暗中聆聽心臟的聲音〔註102〕

不可「反芻」的「鄉愁」，是一種密不透風的悲傷，無法緩解無法治癒的悲
傷。這樣的故鄉，真的丟失了，無法找回；這樣的鄉愁，沒有溫情，只有冷峻。

黃健的小說《祭火》，以敘事的方式應和著這種運命與無奈。學校裏的一
群年輕人在朝鮮半島懷抱夢想地嚮往大陸（中國）和日本，一畢業就星散在
東亞各地，在「滿洲」組建「文化青年會」希望幹一番事業，但是事業毫無
起色，彼此間的友情也被「滿洲」殘酷的現實摧毀了，酗酒、打架，想要再
離開，卻不知嚮往何處，瘦弱的弼秀說「我不會重回朝鮮，也不會待在滿洲，
也不知道何時會再見……」〔註103〕，如上文金達鎮的詩句「我漂泊的夢冰一
般寒冷著」。「三年前的春天，朋友們有的越過玄海去了日本，有的去到鄉村，
大部分都星散各地，泰圭在漢城彷徨一段時間後率先來到滿洲。經過他的周

〔註101〕 金鎮秀，移民之子〔N〕，滿鮮日報，1940-9-14～27，這裏引自偽滿洲國朝鮮
作家作品集〔M〕，崔一、吳敏編，哈爾濱：北方文藝出版社，2017：162。

〔註102〕 金達鎮，鄉愁〔M〕//在滿朝鮮詩人集，延吉：藝文堂，1942，這裏引自偽滿
洲國朝鮮作家作品集〔M〕，崔一、吳敏編，哈爾濱：北方文藝出版社，2017：
13。

〔註103〕 黃健，祭火〔M〕//萌動的大地，延吉：滿鮮日報社出版部，1941，這裏引自
偽滿洲國朝鮮作家作品集〔M〕，崔一、吳敏編，哈爾濱：北方文藝出版社，
2017：113。

旋，我們陸續來到這裡。我們在這裡對文化、生活乃至更加寬廣的、真實的事業傾注熱情，以文化青年會為中心聚集到一起，並在那裏結識 K 和琦珠等幾個朋友。而那一切終究迎來今天這樣淒慘的結局，一切都像一場夢，就像是某個無形無色、不可捉摸的存在在揭示著無限深邃的心靈。」〔註104〕殖民地青年的美夢被激起，又莫名其妙的破滅，說著日語的朝鮮青年在「滿洲」似乎有了一層優越感，可以處在社會的中間階層，但是在所謂的「新滿洲」，並沒有兌現這種優越感。

　　「鮮系」文學在「滿洲國」文壇的位置也十分尷尬，日本本土文壇無視他們在「滿洲國」的存在，前文提到的川端康成等人編輯《滿洲國各民族創作選集》中收入「日系」「滿系」「俄系」和「蒙系」作家作品，不見「鮮系」。在「滿洲國」有「鮮系」代表參加的座談會也只見一次記錄：「內（日）、鮮、滿文化座談會」〔註105〕，參加的鮮系作家有：「協和會弘報科」的朴八楊（詩人），「國務院經濟部」的白石（詩人），「放送局」的金永八（劇作家），「滿洲文話會」今村榮治（作家），「滿鮮日報」社的李甲基，「社會部長」申彥龍。開場申彥龍就表示：「鮮系對於一直以來未能跟內、滿系文化團體或文化人聯繫而感到非常遺憾。」李甲基開口的問題是：「鮮系能否申請加入『文話會』？」這些都表現出「鮮系」作家積極進入「滿洲國」主流文壇的願望。但是當「日系」作家仲賢禮基於朝鮮人作家用日語寫作而傲慢地問道：「鮮系作家用朝鮮語寫作是會被人看成異端？還是已成為主流？」李甲基絕不含糊地答道：「區別文學的國籍，對族譜進行分類，這屬於文學概論課程的內容。但是首先，承載該文學的母語語言不是比任何事情都更重要嗎？承認這一點的話，再去考慮文學的民族情緒啊，作家的族譜啊，用其他語言寫作，其素材如何，故事的複雜性等。不管怎樣，因為是支那文學，所以是支那語文學優先，同樣因為是朝鮮文學，為此朝鮮語文學才是首要的條件。在這個意義上，朝鮮作家從事文學創作就是用朝鮮語寫作，其次也是對自己語言的眷戀，不是嗎？……」一旦觸及語言問題，與會的「滿系」作家爵青也說到：「我認為語言問題沒必要過於急促的去解決。語言原本就不是一朝一夕間形成的。語言是和一個民族的傳統、情緒不可分割的文化表現。因此以滿洲人生活為素材創作時，不用滿洲語

〔註104〕黃健，祭火〔M〕//萌動的大地，延吉：滿鮮日報社出版部，1941，這裡引自偽滿洲國朝鮮作家作品集〔M〕，崔一、吳敏編，哈爾濱：北方文藝出版社，2017：114。

〔註105〕內、鮮、滿文化座談會〔N〕滿鮮日報，1940-4-5～11。

就無法將其情緒、傳統完整的傳遞給讀者。這跟作為朝鮮作家的張赫宙〔註 106〕雖以朝鮮人為素材，但從讀者的角度來看，比起對朝鮮人的生活，印象更深的是所使用的語言……」觸及到殖民地語言問題時，「鮮系」和「滿系」站在了一起，面對強勢上位的殖民文化，殖民地作家實際能夠堅守的堡壘是民族語言，用什麼語言來創作，在殖民地有特殊的意義，捍衛自己民族語言，是殖民地作家抗爭的一種方式。

「目前存留的偽滿洲國朝鮮人作品包括 200 餘首詩歌、50 餘篇長短篇小說、600 餘篇散文和少量文學評論、戲劇等作品。」〔註 107〕所見單行本作品集，有《滿洲詩人集》（樸八陽主編，第一協和俱樂部文化部，1942 年）、《在滿朝鮮詩人集》（金朝奎主編，間島延吉藝文堂，1942 年）、《萌動的大地》（小說集，申瑩澈主編，《滿鮮日報》社出版部，1941 年）、《北原》（安壽吉小說集，間島延吉藝文堂，1944 年）、《朝鮮文藝選》（文學作品集，申瑩澈主編，朝鮮文藝社 1940 年）等，這些用朝鮮語寫成的作品，是朝鮮民族反抗殖民同化的證言。另外由於當時刊載朝鮮語文學的報刊有限，只有油印刊物民間刊物《北鄉》和「國策」機關報《滿鮮日報》的文藝專欄，「鮮系」文學還存在著大量的潛在寫作，例如詩人沈連洙生前的作品藏在甕缸中幾十年，2000 年才得以出版。〔註 108〕

第五節 「俄系」文學：單純與複雜

1896 年 4 月《中俄密約》的簽訂，沙皇俄國取得了在中國東北修築中東鐵路的特權，以及鐵路沿線的採礦權和工商業權等殖民特權。大批俄國人湧入「北滿」地區，哈爾濱迅速發展成為俄羅斯人的聚居中心。1922 年前後，蘇俄內戰爭潰退下來的高爾察克白衛軍官兵及其家屬，以及追隨他們的知識分子，湧入東北。在東北的俄羅斯人數劇增到 20 萬，僅哈爾濱一地就有 15 萬餘人，一度超過了當地的中國居民。這些俄羅斯人中有沙皇時代的神學家、大學教授、作家、教師、記者、官員、貴族和無數平民，他們出版了俄語雜

〔註 106〕 張赫宙（1905～1997），用日語創作的朝鮮作家，當時活躍在日本、朝鮮、滿洲文壇。1952 年加入日本國籍。

〔註 107〕 崔一，偽滿洲國朝鮮作家作品集·導言〔M〕//偽滿洲國朝鮮作家作品集〔M〕，崔一、吳敏編，哈爾濱：北方文藝出版社，2017：5。

〔註 108〕 20 세기 중국조선족 문학사료전집，제 1 집，중국조선민족문화예술출판사，2004。

誌和書籍、雜誌和日報，在異鄉開始文學創作。1930 年代在哈爾濱的作家姜椿芳回憶說：「哈爾濱這個城市有三分之一人口是舊俄和蘇聯僑民，他們的文藝活動是很熱鬧的。」〔註109〕1930～1940 年代，在哈爾濱有以尼古拉・古米廖夫命名的「阿克梅派」創作小組，以尼古拉・拜闊夫命名的「東方民俗派」創作小組，定期出版了一些散文集和詩。如 1937 年出版了題名為《古米廖夫》的文集，1941～1942 年兩部《激浪》作品集問世。同時他們還創辦了文學雜誌《邊界》，該雜誌 1926 年創刊，一直持續到 1945 年 8 月，總共發行了 862 期，圍繞該雜誌形成了著名的俄羅斯僑民作家群：拜闊夫、梅斯涅洛夫、沙布洛夫、揚柯夫斯卡亞、黑多克、別列列申、阿恰伊爾、列茲尼科娃、哈茵德洛娃等〔註110〕。

偽滿洲國成立後，其「建國宣言」聲稱：「凡在新國家領土之內居住者，皆無種族歧視、尊卑之分別。除原有之漢族、滿族、蒙族及日本、朝鮮各族外，即其他國人，願長期居留者，亦得享平等之待遇，保障其應得之權利，不使其有絲毫之侵損。」〔註111〕這給僑居中國東北的俄羅斯人以幻夢，認為他們的「春天」終於來了〔註112〕，有些俄羅斯作家願意與「滿洲國」合作，積極投入當時的「文壇建設」。日偽的「協和會」為了繁榮「滿洲文化」，彰顯「民族協和」，也願意與文學傳統深厚的俄僑社群合作，稱俄羅斯作家為「滿洲國」的「俄系」作家。1943 年還成立「日俄親善文化協會」，參與協會活動的人員高達 500 多人。當時無線電廣播使用日、漢、俄三種語言〔註113〕。

就文學活動而言，「五族協和」的「五族」被改為「日、滿、俄」三個民族，「蒙、朝」兩個民族作家很少有機會登場，在日本出版的《日滿俄在滿作家短篇選集》〔註114〕收入了 4 位「日系」、2 位「滿系」、2 位「俄系」作家作

〔註109〕姜椿芳，金劍嘯與哈爾濱革命文藝活動〔J〕，東北現代文學史料，1980（1）。

〔註110〕他們的作品見劉曉麗主編「偽滿時期文學資料整理與研究」叢書之《偽滿洲國俄羅斯作家作品集》（王亞民、杜曉梅等編譯），哈爾濱：北方文藝出版社，2017 年。

〔註111〕「偽滿洲國建國宣言」（偽政府公告），偽大同元年四月一日（1932），收入滿洲新六法〔G〕，長春：「滿洲行政學會」，1937：16。

〔註112〕參見 Victor Zatsepine. An Uneasy Balancing Ac t: The Russian Émigré Community and Utopian Ideas of Manchukuo〔J〕. Journal of Northeast Asian History 10, no. 1（Summer 2013）。

〔註113〕1936 年底，偽滿洲國」的無線電廣播聽戶達 43300 戶，各地放送機關用日滿俄三種語言廣播。大同報，1936-11-20。

〔註114〕山田清三郎編，日滿露在滿作家短篇選集〔M〕，東京：春陽堂書店，1940。

品，而前文提到的《滿洲國各民族創作選集》收入也是「日、滿／漢、俄」作家作品，之外還有「蒙系」一篇。其原因，除了上述的「日俄親善」之外，也因為宗主國日本人的傲慢，在日本人的意識中，「滿族」混同於「漢族」等同於東北世居民族被稱為「滿洲人」，蒙古族近於未教化的民族，朝鮮人是已被教化的民族。基於此，「滿洲」的各種文集及主流文壇，以「日、滿、俄」這三個民族的單一形式或聯合的形式而出現。「俄系」作家在東北地區，從未被當地「政府」如此重視且能融入他們的文化結構中，這些都給「俄系」作家一種幻覺。

　　「俄系」作家中，拜闊夫知名度最高，他的作品很早就在哈爾濱印行〔註115〕，1934～1943 年，還出版了《拜闊夫全集》12 卷。其作品絕大部分被譯成漢語和日語以及英、法、德、意大利、捷克、波蘭等語言，「歐洲出版界在 1936 至 1940 年間對於這些書，給了很好的批評，認為可以和屠格涅夫、吉普林、倫敦、古比爾及麥因利達各名人的佳作相比擬。」〔註116〕

　　拜闊夫，1872 年生於基輔市。1901～1914 年，受彼得堡學士院之命從事中國東北自然環境調查工作，這段經歷成為他日後文學創作的主要素材。1915 年出版了《滿洲森林》，用小說的筆法描寫了東北大自然和森林居民的狀況。1920～1922 年旅行非洲和印度等地。1923 年以後長居東北〔註117〕，從事科學

〔註115〕拜闊夫作品年表：
　　　　《滿洲森林》1915 年，彼得堡。
　　　　《滿洲之虎》1923 年，哈爾濱。
　　　　《鹿與獵鹿》1924 年，哈爾濱。
　　　　《人生》1925 年，哈爾濱。
　　　　《遠東熊》1926 年，哈爾濱。
　　　　《滿洲的狩獵》1930 年，哈爾濱。
　　　　《滿洲的樹海》1934 年，哈爾濱。
　　　　《偉大的王》1936 年，哈爾濱。
　　　　《白光》，1937 年，哈爾濱。
　　　　《呼哨的密林》1938 年，哈爾濱。
　　　　《燎火》1940 年，天津。
　　　　《牝虎》1943 年，長春。
　　　　兒童作品集：《我們的夥伴》《滿洲獵師手記》《黑隊長》。
〔註116〕拜闊夫傳〔J〕，青年文化，1943-1（3）：45。
〔註117〕1945 年，東北光復以後，年近 70 的拜闊夫，協助前蘇聯紅軍駐哈司令部工作，後隨著前蘇聯紅軍一起回國，還佩戴著上校肩章。還有一種傳聞，說拜闊夫是蘇聯間諜。

研究和文學創作。拜闊夫，作為「滿洲國」的「俄系」作家，受到日偽當局的重視，關東軍司令官、「協和會」長官、「弘報處」處長均接見過他，1941 年還為他舉辦了聲勢浩大的文藝創作、科學研究工作 40 年紀念會，1942 年邀請他參加「大東亞文學者大會」。備受「滿洲國」推崇的拜闊夫也寫了盛讚日本的詩篇，《日本》就是其中之一。這首詩是拜闊夫參加「大東亞文學者大會」時寫於京都的，當時日本作家菊池寬（1888～1948）陪同他參觀了日本的名勝古蹟。詩的開頭用唯美的詞語寫出了日本的自然美景、歷史文物、婦女兒童等，這幾節堪稱詩歌中的上品。但接下來卻是：

> 把傲慢的強敵用力剷除
> 就像巨人之足踏入泥土
> 武士之劍利於鋼銑
> 團結了日本人的心腑
> 在東亞，在海洋的深淵
> 如同陰霾中的閃電
> 向遠處投去了正義之劍
> 為謀人民的幸福和安全〔註118〕

唯美和惡劣的政治頌詞相互嫁接，毀壞了詩的韻味。

拜闊夫的小說與詩歌不同，大部分是純淨的白然之色，以東北密林風光和生活在密林中的人及動植物為主要描摹對象，宣揚一種博愛的基督教精神。《獵鹿》寫的是用基督教的博愛消解苛酷殘忍的「森林法律」。春日，我和阿凡那申闖到森林裏獵鹿，一派迷離的森林風光和野外打獵生活描寫，我和夥伴處理自己獵獲的鹿時，突然被人襲擊，來人要強搶我們的獵物，有足夠森林生活經驗的我們很快就抓到那個強盜——「兇惡而又殘忍的相貌，額下一雙灰色的眼睛，一點良善的地方也沒有。」但我們沒有按照強盜本人也認同的「森林法律」處置他，而給他以人的待遇，不久，「他已不是野獸一般的兇惡和難以和解的憎惡，並且變成了有理智而又懂得人情的了。」我們就把他放了。小說結尾有宣教的意味，但不覺生硬，因為「我」和阿凡那申闖本來就是基督徒，這也符合人物身份。「我們的上帝教我們饒恕敵人，不忌仇恨，你要感謝上帝他已經饒恕你了。」〔註119〕

〔註118〕拜闊夫，日本〔J〕，青年文化，1943-1（3）。
〔註119〕拜闊夫，獵鹿〔J〕，青年文化，1943-1（3）。

拜闊夫的小說塑造了一群如《獵鹿》中強盜那樣日常生活中不常見的人物。小說《牝虎》中出現的是像牝虎似的女人，充滿了野性，也充滿了愛。小說不但把人與人的關係寫得動人，同時還寫了女主人公娜絲達霞乳養了仔虎，人與獸之間的感情。《偉大的王》以一個俄羅斯獵人與一隻體態巨大的東北虎為主人公，描寫了人虎之間的認識與交流。在拜闊夫的筆下，生活東北大森林自然村落裏的人們，他們有自己的生存原則和道德觀念。

拜闊夫的作品深得「日系」和「滿系」的喜愛。但是「日系」和「滿系」喜愛拜闊夫的作品，還不僅僅因為其審美因素，他們各自在拜闊夫的作品中看到了自己希望看到的東西。「日系」在其中發現了「獨立的滿洲文學特色」「獨特的滿洲風土」，大內隆雄如此評論拜闊夫的作品：「從滿洲的雄大的大自然中產生出來的。作品中常有種種滿洲大自然中的動物。《偉大的王》是此種作品之代表者。」「雄大性」「強逞的性格」，體現了「滿洲文學的顯著的特色」〔註120〕。這也正應和了殖民主義的風土論述。而「滿系」在拜闊夫的北滿密林敘事中看到了：自然法則才是至高的主宰，無論多麼強悍的人類在自然面前都是渺小者〔註121〕。由此可見這樣的想法和心態：日本人並不是自然的主宰者，是與其他民族一樣的渺小者。藉此迂迴回擊殖民主義的論述。拜闊夫作品因其豐富，讓殖民者和受殖者都在其中找到了自己想要表達的東西。作為「俄系」作家拜闊夫本人怎麼看待「滿洲國」呢？1942 年的媚日詩歌《日本》，並非被迫之作，前述「俄系」作家在東北的獨特的境遇，滿洲傀儡國成為他們烏托邦想像之一種，殖民主義在他們的生活中或者在他們的想像中扮演了「拯救者」的角色，而他們本人及作品在殖民地具有了抵抗和協力的二重性。

異態時空中東北文學，因為其國家身份、民族認同、語言等方面呈重層多元狀態，與東亞殖民主義以非常複雜的樣態糾纏在一起。一方面，各個語族的文學都有反日本殖民統治的訴求和表現，包括「日系」作家也有對殖民主義的反思；另一方面，因為「滿系」「鮮系」「俄系」在殖民統治框架中的位置不同，抵抗的目的、抵抗的方式和抵抗的強度都不一樣，有直接的反殖文學，有迂迴的解殖文學，還有欲利用殖民政策與之周旋的協作文學。在這其間，我們發現文學在何種情況下抵抗以及如何抵抗、抵抗的強度，而這些抵抗又會在不經意

〔註120〕大內隆雄，牝虎·序言〔M〕//拜闊夫，牝虎，長春：「新京」書店，1940。
〔註121〕疑遲，拜闊夫先生會見記〔M〕//《讀書人》(1)，長春：「藝文志事務會」印行，1940。

間落入殖民者的邏輯；文學在何種境遇中協作殖民者及如何協作，這種協作並非由於外力脅迫，而是一種追求有別於殖民主義的政治訴求的主動迎合；而在這抵抗與協作中，殖民傷痕都會刻印在殖民地人的精神深處。殖民主義帶給東亞地區的盤根錯節的精神創傷，只有深刻而內在的反省，才會得到撫慰乃至療愈。

　　現有的殖民研究理論有民族主義理論和後殖民主義理論，在闡釋殖民地文學方面都有卓越的貢獻，但是面對東亞殖民地文學例如偽滿洲國文學——其複雜性有別於歐美殖民地的情況，如果我們採取民族主義理論，不對殖民地各個語族的文學進行內在考察和辨析，只能停留在全面否定的簡單表層。而依據西方的具有強大的理論生產力的後殖民主義理論，則有可能遮蔽我們對自己經驗的細察和反省，甚至會產生理論暴力形成新形態的殖民主義。本章通過揭示異態時空中東北文學經驗，深入其文學內部進行考辨，同時要努力避免落入民族主義和後殖民主義的理論窠臼，透視東亞殖民主義與文學的複雜關係，昭示一種新的解讀殖民地文學理論的可能性。

第四章　殖民主義與文化抗爭

　　梳理出異態時空中東北文學的種種形態後，讓我們進入這些作品的內部，看看這些作品是如何應對東亞殖民主義。「滿洲國」出臺，對於五四新文化運動培養的中國知識人來說，他們對「滿洲國」的意識形態宣傳具有天然的免疫能力，他們清楚地知道「滿洲國」是日本傀儡國，日本強佔殖民東北的事實；而對於在「滿洲國」時期接受教育的年輕人，從周圍的生活環境中也能感知到「滿洲國」不尋常之處。當這些中國知識人開始文學創作之時，他們以文學回應了東亞殖民主義。本章提出反殖文學、抗日文學、解殖文學的文學分析框架，透視 1931～1945 年東北文學的種種經驗，為解讀抗戰時中國現代文學、東亞文學提供新的視角。

第一節　反殖文學──《臭霧中》《象與貓》

　　「九一八」事變後，有一批共產黨作家和熱血文藝青年們活躍在哈爾濱文壇，一大批才華橫溢的青年作家同時湧現，這是哈爾濱文壇的一個傳奇、一個奇蹟。這些作家接受左翼文學思想，身居偽滿洲國的時間或長或短，有明確的反日本帝國主義、反有產階級、同情勞工階級的觀念意識。因為他們的作品要刊載在殖民統治區的報刊上，這些觀念意識往往不能直抒胸臆地表達出來，常常包裹於作品故事的角角落落，或者以一種明顯遮掩的方式表達出來，由此形成獨特的「反殖敘事」藝術。

　　地處「九一八」事變爆發地瀋陽和偽國都「新京」之遠的「北滿」哈爾濱

文壇，在中國共產黨的領導下開展了勇敢的反日反滿政權的文學活動〔註1〕。
洛虹（羅烽）、巴來（金劍嘯）、黑人（舒群）、姜椿芳、林郎（方未艾）等共
產黨作家，三郎（蕭軍）、悄吟（蕭紅）、劉莉（白朗）、梁蒨（山丁）、星（李
文光）、侯小古、金人、林玨等熱血文藝青年，他們以哈爾濱的《國際協報》
《大北新報》《黑龍江民報》以及「新京」的《大同報》為發表陣地，以現實
主義為主要創作方法，發表具有民族主義意識和階級鬥爭意識的作品。哈爾濱
地處日本勢力和偽當局視線之邊緣，此地又是中共滿洲省委所在地，在此出現
反日、左翼文學活動，比較容易理解。但是《大同報》刊於「滿洲國」的首府
「新京」，而且是關東軍收購的中文報紙，報名取於「滿洲國」的年號──大
同，該報刊出的文學作品可視為「滿洲國」規定之下的文學，刊於其上的「反
殖文學」更具典型性，對之分析，可以彰顯「反殖敘事」的特徵。

　　《大同報》上的「反殖文學」主要集中於週日版文藝副刊「夜哨」〔註2〕，
「夜哨」的作者幾乎都來自上述的哈爾濱文學者，刊出了諸如洛虹（羅烽）的
獨幕劇《兩個陣營的對峙》（1933 年 8 月 6 日）、悄吟（蕭紅）的小說《啞老
人》（1933 年 8 月 27 日，9 月 3 日）、三郎（蕭軍）的詩《搬夫》（1933 年 11
月 5 日）、劍嘯的獨幕喜劇《藝術家與洋車夫》（1933 年 11 月 12 日、11 月 19
日）、梁蒨（山丁）的小說《象和貓》（1933 年 8 月 20 日）和《臭霧中》（1933
年 11 月 5 日、11 月 12 日、11 月 19 日）等。這裡以山丁的作品為例來分析反
殖文學，一是因為他大部分時間生活在偽滿洲國，直到 1943 年被迫逃往北京，
在偽滿洲國的 10 年間，山丁持續地創作反殖文學，他是反殖文學代表性作家
之一；二是因為山丁刊在「夜哨」上的作品《臭霧中》，修改後收入他的短篇
小說集《山風》〔註3〕，從 1933 年的「夜哨」到 1940 年的《山風》，由作品
的改動情況，可以觀察到反殖文學隨著偽滿文藝監管而出現的變化。

　　《象和貓》〔註4〕初看是一個家庭倫理故事：如大象一般肥壯的紗廠經理
因為六姨太和他的兒子亂倫，非常生氣，找久被冷落的如貓一般的五姨太求

〔註1〕具體文學活動，參見本書第三章第二節「『滿系』文學：抵抗與隱藏」。
〔註2〕《大同報》「夜哨」刊載時間為 1933 年 8 月 6 日至同年 12 月 24 日，共刊出
　　　21 期，刊出 82 篇作品（包括發刊詞和結束語）。哈爾濱文學者們能集中投稿
　　　於此，緣於《大同報》文藝欄編輯人──權（陳華）。蕭紅起的刊名，意思是
　　　黑暗中的崗哨。金劍嘯畫廊刊頭。蕭軍負責輯稿。
〔註3〕山丁，山風〔M〕，長春：益智書店，1940。
〔註4〕梁蒨，象和貓〔N〕，大同報，1933-8-20，下文均引自此，不在一一標出。梁
　　　蒨即山丁。

歡，五姨太千嬌百媚一番，從紗廠經理那得到一卷鈔票。紗廠經理離開後，五
姨太帶著那卷鈔票和一個「文雅而摩登的歲數相仿的青年」走進了旅館。

這中間還穿插著情色描寫：

> 五姨太太把玫瑰的臉，貼到豬肚子的臉上，偎依著，一會兒，
> 她把頭藏在他的懷裏。五姨太太，真像一隻白貓一般，一隻光滑的
> 白貓，靜悄悄伏在肥象的身上，她突起的乳峰緊緊地貼著他挺高的
> 肚子。

> 老爺剛才氣似乎是消了，兩隻肥腿，夾著五姨太太的柳腰。

> 伸著身子要去吃奶……

但是在這個桃色家庭倫理故事後面隱著一個無產階級革命鬥爭的故事：
紗廠工人階級與資本家的鬥爭以及鬥爭的勝利。

五姨太太看見紗廠經理到自己房中來，心理活動是這樣的：

> 老爺一定又從工廠裏受了氣，不然，就是在咖啡店被那群無賴
> 的青年誹謗了，反正，不受了氣，不能到自己房間來。記得，一次
> 是杏花開了的時節，紗廠的工人因為工資鬧起罷工來，H 大馬路上
> 堆滿了汗泥模糊的工人，從樓上往街上看，許多頭部和肩部浮動著，
> 搖擺著而且顛簸著頭巾，有的揮著好像一些紅翅膊的旗幟，有的叫
> 著像進行曲的呼聲，（中略）這風潮足足延長了兩天，中間幾個老人
> 被皮靴蹂躪得死了，槍殺了一個工人代表，而警察方面幾位遭的重
> 傷，社會方面激起了輿論的恐怖，結果，工廠方面丟失了物質和名
> 譽……經理氣得虎虎的……在增加二成工資的合同上簽了字，又得
> 葬埋那些老死的窮鬼……把一個精俐的老爺弄得傻呆呆地。

這段五姨太的心理描寫，不僅講述一個剛剛結束的罷工的故事，還借五姨
太的口吻表達了作者的情感——「許多頭部和肩部浮動著，搖擺著而且顛簸著
頭巾，有的揮著好像一些紅翅膊的旗幟，有的叫著像進行曲的呼聲」——這歡
快的調子暗含著對罷工的讚歎，而「把一個精俐的老爺弄得傻呆呆地」——帶
著復仇和解氣的語氣。在資產階級五姨太的情緒中，作者暗渡了自己的愛憎情
感。而明顯的暗示也凸顯在這段文字中，「咖啡店那群無賴的青年」，暗示如作
者一般的革命者中的知識人。工人罷工揮動著「紅翅膊的旗幟」，「翅膊」疑似
排版校對錯誤，翅膊乃赤膊，赤膊即窮人的意思，紅翅膊乃共產黨，「紅赤膊
的旗幟」暗示了共產黨的旗幟。即便如此，作者還覺得暗示不足。小說結尾處，

在紗廠經理與五姨太調笑雲雨之時，突然來了個電話，經理接聽後，緊張得結巴起來：

> 少爺被捕了，……沒有的事吧，為什麼？……共產黨果然是真的。

小說沒有道出，因為少爺是共產黨而被捕，還是因為與共產黨有牽連而被捕，或者被共產黨「陷害」而被捕。這些信息對於小說來說，不是必要的，可以略去或留下懸念。這裡重要的信息是「共產黨」三個字。偽國「建國理念」──反資反共，既反對歐美資本主義制度，也反對蘇聯的社會主義制度，仇恨中國共產黨了，「共產黨」三個字在「滿洲國」的報刊通常用「赤匪」或「×××」代替，「夜哨」刊出的山丁作品，把共產黨字樣赫然印出，且構成小說的一個情節，這明顯是反抗當局的行為。

在《象和貓》這篇小說中，作者山丁借一個世俗的家庭倫理故事暗渡了自己的觀念意識和態度，在當局可以接受的敘事中，把自己的觀念和態度包裹在一個世俗故事之內，散落於作品的角角落落，時而明顯時而隱晦，大敘事坐落在平俗故事中，撐破平俗故事的淺俗，嘲諷輕喜劇的內核是一個嚴肅而危險的故事，這種套中套的結構，使小說有了多種解讀的可能性。

反殖文學，至少有兩個維面，一個是挑戰當局的意識形態，如《象與貓》；另外一個維面是直接揭露日本殖民統治東北殘害東北百姓的事實。顯而易見，這是「滿洲國」更不能容忍的作品，寫作刊發這樣的作品需要更大的勇氣、更多的技巧。山丁的小說《臭霧中》〔註5〕就是這一類作品。

《臭霧中》比《象與貓》更大膽，沒有借用一個平俗故事的外殼，而是直接寫階級對立，勞工階級的貧困善良軟弱，有產階級墮落兇殘蠻橫。琴子姑娘失去雙親，到富有的劉家做使女，備受責罵和暴打，最後不明不白地慘死在劉家。琴子父親的朋友屠夫老陸到劉家探詢真相，卻被劉家「護勇」（守衛）當作匪賊打死。

這篇小說不僅僅是暴露人間黑暗的故事，還隱含了另一個故事──日本侵駐我們的家園。故事發生地是一個叫做陶家市的地方，該地匪患頻繁，因軍隊駐留治安才得以保證。但是，正是駐留軍隊才是琴子孤苦慘死的元兇。

〔註5〕《臭霧中》有三個版本，一是《大同報·夜哨》（1933年11月5日、11月12日、11月19日）版本，一是收入短篇小說集《山風》（1940年）中的版本，三是刊於《東北文學研究史料》（第四輯）（1986年）。三個版本都略有不同。

> 自從春天，琴子的媽媽被駐兵獸性蹂躪，而氣憤的死去，琴子
> 的爹爹失了業，氣憤的投入匪群，她變成一個世界上最可憐的女孩
> 子。〔註6〕

也就是說，因為治安部隊的駐留，琴子失去了父母，才到劉財主家做使女的。

治安部隊又是從哪裏來的呢？他們是裝備「機關車」的新型部隊。小說名中的「臭霧」就是指「機關車」排出的尾氣。

> 突，突，突，機關車的尾巴拖著臭霧掠過去，一九三三年特產
> 的孩子們，便叫嗷著，短距離的在後面跟著跑。機關車出現在陶家
> 市，是在上月，牠在孩子們眼裏是怪物，也是慈善家，因為，每次
> 車跑過來，幸運的時候，會有殘飯盒子被日本人從窗口風擊的擲下
> 來。在街中心，他們為去爭奪這僅僅一口的食糧，大人和孩子揪著，
> 滾著，嚷著，喊著，警察打著踢著罵著……〔註7〕

這裡的「日本人」才是重要的信息，也是解讀這個故事的關鍵，造成琴子父母、琴子姑娘、老陸他們悲劇的根本原因在於日本人——駐留治安部隊是日本人或是由日本人管理的部隊。

《臭霧中》和《象與貓》的結構類似，故事中套故事，在套中套的故事中，作者暗渡了自己的情感和觀念、挑戰了「滿洲國」的意識形態、揭露日本殖民東北殘害東北百姓的事實，這是偽國初期反殖敘事的一個特點。

但是這種「明顯遮掩」「暗渡信息」的包裹式反殖敘事方式，隨著偽滿洲國的文網體制逐漸完備，在嚴密監管和殘酷鎮壓下，留在東北持續創作的文學人已經沒有可能再以同樣的方式寫作了，只能運用隱晦、曲筆、暗喻、象徵等更隱蔽的手法，滲透出自己要傳遞的反滿抗日信息和社會理想。作品創作也不再僅僅依於現實主義，而是多採用象徵主義、意識流等現代主義創作方式，把作品的「內核」包得更緊傳達得更隱秘。1940年，已經是「滿洲國」著名作家的山丁，將《臭霧中》收入其短篇小說集《山風》時，上述兩段引文進行了如下改動：

> 琴子的媽媽被人姦死……

〔註6〕梁蒨，臭霧中〔N〕，大同報，1933-11-5。
〔註7〕梁蒨，臭霧中〔N〕，大同報，1933-11-12。

琴子的爹的跑到山裏的不知名的什麼地方去了……〔註8〕

突，突，突……

照例在曦光中，牠的尾巴拖著臭霧掠過去掠過來。

孩子們就彷彿發現了一件新的玩物似的，叫喊著，短距離的在後面跑。牠在孩子們眼裏是玩物，也是慈善家，因為每次車跑過來，幸運的時候，會有殘餘的木片製的飯盒子從窗口風擎的擲下來。在街心中他們為去爭奪這僅僅一口食糧，大人和孩子揪著，叫著，喊著，持紅棍子的老爺們追著，打著，罵著。〔註9〕

第一段引文中，隱去了對琴子媽媽施暴的駐軍，琴子爹的去處做了模糊處理。第二段引文，刪除了關鍵的「日本人」三個字，用「木片製的飯盒子」曲折地暗示著「日本士兵吃白米飯用的飯盒」。

此時反殖書寫在「滿洲國」已難以為繼，「明顯遮掩」「暗渡信息」的包裹式反殖作品會招來種種審查。此後，隨著太平洋戰爭的爆發，偽政府的監管更加嚴厲。經歷「滿洲國」的作家李正中回憶到，「1942 年，對於東北淪陷時期的文藝界來說是個分水嶺……其具體做法是：1.逮捕一切有進步傾向或有反滿行動的作家，投入監獄；2.嚴格審查報刊文藝園地及作品集，製造各種藉口迫令銷毀，或撕頁、撤稿，在讀者與作者之間設置障礙。」〔註10〕山丁以自然景觀為主要內容的長篇小說《綠色的谷》，不僅書遭到扯頁處理，而且被審查被抄家，他不得不「以治病為由，託人在汪記大使館弄來出國證，就這樣過了山海關」〔註11〕，逃往北京。

第二節　抗日文學——《萬寶山》《八月的鄉村》

抗日文學，是指直接抨擊日本帝國主義侵略中國的作品，是揭露日本侵略者在中華大地的暴行的作品，是歌頌中國人民反抗日本侵略的作品。與此時東北文壇相關的抗日文學有：著名的東北作家群的抗日文學和東北抗聯文學。抗

〔註8〕山丁，臭霧中〔M〕//山丁，山風，長春：益智書店，1940：22。

〔註9〕山丁，臭霧中〔M〕//山丁，山風，長春：益智書店，1940：25。

〔註10〕李柯炬，朱媞，1942 至 1945 年東北文藝界一窺〔C〕//東北淪陷時期文學國際學術研討會論文集，馮為群、王建中、李春燕、李樹權編，瀋陽：瀋陽出版社，1992：405～409。

〔註11〕梁山丁，我與東北的鄉土文學〔C〕//東北淪陷時期文學國際學術研討會論文集，馮為群、王建中、李春燕、李樹權編，瀋陽：瀋陽出版社，1992：373。

日作家們或已經離開日本殖民統治下的「滿洲國」，或是一手拿槍一手拿筆的抗聯戰士。他們的作品無需也沒有可能刊載在「滿洲國」治下的出版物上，他們的創作境況與一邊顧忌日偽監視一邊執筆創作的反殖文學不同，無需考慮在作品中如何隱藏自己的反滿抗日觀念與情感，而是要考慮如何讓自己的作品直抒胸臆，把反滿抗日的情懷表現得淋淋盡致，使作品直接具有喚起民眾痛恨日本侵略者、同情東北人民、支持中國的抗日鬥爭的力量。

《大同報》「夜哨」上的反殖文學堅持了 5 個月，因為星的小說《路》包藏了一個「抗日義勇軍」的故事〔註 12〕，招致日偽審查，於 1933 年 12 月 24 日終刊。之後，「夜哨」作家群在白朗主持的哈爾濱《國際協報》「文藝」週刊〔註 13〕持續發表反殖文學作品。隨著「滿洲國」監控體制的加強，這些作家的處境越來越危險，山丁躲到小鎮「五家店」避難，1934 年 3 月舒群離開東北逃到青島，9 月蕭軍、蕭紅到達青島，11 月到上海，1935 年 6 月羅烽、白朗也逃到上海。這些東北籍作家，得到上海文化界包括魯迅、茅盾、周揚、聶紺弩、葉紫等人的認可和支持，他們的作品給上海文壇帶來新奇和震動，廣受評論和讚揚。由此，包括「九一八」事變前離開東北的其他東北籍作家，開始集中創作以日本殖民佔領下的東北為背景的文學作品，揭露「滿洲國」日本傀儡性質，反映東北人民對日本侵略者的反抗與鬥爭，李輝英的《萬寶山》、蕭軍《八月的鄉村》、蕭紅的《生死場》、端木蕻良的《科爾沁旗草原》、舒群的短篇小說集《沒有祖國的孩子》〔註 14〕和駱賓基《邊陲線上》〔註 15〕等作品在中國的抗日文學中扮演了先鋒與引導角色，1936 年上海生活書店出版了東北籍

〔註 12〕「文光（星）的《路》，是 1933 年發表在長春《大同報》夜哨文藝副刊上的中篇小說，它描寫遼南一帶抗日義勇軍的鬥爭生活。因為這篇小說的連載，影響到《夜哨》的停刊。」見梁山丁，受歡迎的繆斯——《燭心集》·前言〔M〕，梁山丁，燭心集，瀋陽：春風文藝出版社，1989：13。

〔註 13〕《國際協報》「文藝」週刊刊載時間為 1934 年 1 月 18 日至 1934 年 12 月 30 日，歷時 11 個月，共出 47 期，刊發了很多反殖文學作品，如蕭紅的《患難中》《鍍金的學說》。

〔註 14〕舒群，沒有祖國的孩子〔M〕，上海：上海生活書店，1936，共收入 9 篇小說：《沒有祖國的孩子》《沙漠中的火花》《蒙古姑娘》《已死的與未死的》《做人》《獨生漢》《蕭苓》《鄰家》《誓言》，這些作品都是作者以「九一八」事變後日本佔領下的東北為背景，反映東北人民對日本侵略者的反抗與鬥爭的生活。

〔註 15〕駱賓基，邊陲線上〔M〕，上海：上海文化生活出版社，1939，作品描寫了「九一八」事變前後，琿春一帶中蘇邊境「土字界碑」附近的義勇軍的鬥爭故事，揭露了日本帝國主義者的侵略暴行，讚揚了東北人民的抗日鬥爭精神。

作家的短篇小說集《東北作家近作集》〔註 16〕。

　　本節以李輝英（1911～1991）的《萬寶山》〔註 17〕和蕭軍的《八月鄉村》〔註 18〕為例來探究東北作家群的抗日文學。

　　李輝英的《萬寶山》取材於真實發生的歷史事件：中國農民和朝鮮移民之間因為耕種、開渠等發生爭執，日本力量的介入並掀起了兩個民族之間的仇恨，在東北在朝鮮都因此發生了驅逐異族的流血事件。當時在上海中國公學讀書的剛滿 20 歲的東北籍學生李輝英，看到相關事件的報導，「以萬寶山事件的新聞材料為藍本，然後在那上面架設起屋宇來」〔註 19〕。用兩個半月時間完成了《萬寶山》這部長篇小說，經丁玲編輯後在上海湖風書店出版。

　　小說《萬寶山》著力描寫了這樣幾個事件，一是中國官僚、商人、地主和朝鮮包工頭與日本殖民者狼狽勾結，欺壓中國農民和移民而來的朝鮮苦力，侵佔東北。為此塑造了流氓商人郝永德，受賄無恥的馬縣長，狡猾狠毒的中川警部和奴性十足的朝鮮包工頭李錫昶等。二是中國農民和朝鮮苦力的階級情感，塑造了中國農民馬寶山和朝鮮勞工金福父子。三是被壓迫階級團結合作反抗壓迫者──日本帝國主義者、中國和朝鮮的官商集團。在敘事上，作者為了更充分揭發日本帝國主義者侵佔東北的事實，喚醒民眾，小說設計了演講者角色──城里師範學校的學生李竟平、中國農民「黃鼠狼」和韓國農民金福，他們大段大段的演講詞正是作者李輝英的直抒胸臆：

　　　　李竟平說：「日本是帝國主義國家！帝國主義就是專以強佔旁人土地，使旁人窮上加窮的壞東西！日本子滅了高麗之後，把全土給佔了去，接著，遼寧，就是奉天，他們也佔了許多地方，他們又想占吉林。為甚他們這樣貪多不厭？你們從這裡就可以知道咱們的官家太不爭氣了，他們要真是為老百姓做官，能把地方放給日本子強佔嗎？……並且最重要的是佔了東三省，打好根基，要同大鼻子開仗哪。

〔註 16〕光明半月刊社編輯，東北作家近作集〔M〕，上海：上海生活書店發行，1936。
〔註 17〕李輝英，萬寶山〔M〕，上海：湖風書店，1933，這裡引自東北現代文學大系・長篇小說卷（上）〔M〕，張毓茂，主編，瀋陽：瀋陽出版社，1996。
〔註 18〕蕭軍的《八月的鄉村》有很多版本，1935 年上海容光書局初版，1947 年魯迅文化出版社（哈爾濱）再版，1954 年人民文學出版社再版，1978 年香港文教出版社再版，1980 年人民文學出版社再版。本節引用版本為：1980 年人民文學出版社。
〔註 19〕李輝英，松花江上〔M〕，香港：東亞書局，1972：5。

……

其實，高麗人有些比咱們人明白的多，他們因為吃不了日本子的苦處，時時想去反抗日本子，咱們老百姓和他們都是一樣吃日本子的苦，受官家的氣，為什麼不快點反抗呢！想法和他們都聯到一起，和他們往來，探詢些他們的日常情形，又同是被帝國主義壓迫的人，大家定要緊緊地聯在一處才行。」〔註20〕

金福說他希望中國民眾趕快覺醒，一齊起來反抗，擴大鬥爭的範圍，引起世界被壓迫大眾的大革命！……

「不分國界，不限地方，必得聯合在一起，大眾一心起來反抗，向吃人的帝國主義進攻，同他們鬥爭，拿回大眾們本有的一切權利。」〔註21〕

這些演講詞，首先分清敵我，敵人是日本帝國主義、中國的官家（當時的國民黨政府）和朝鮮的包工頭，朋友是被侵略被壓迫的大眾——中國農民和朝鮮勞工，小說還掃到了日本國內的窮人，由此把反抗日本侵略的鬥爭與階級鬥爭結合起來。其次把這場農民反抗的鬥爭提升為世界格局的鬥爭，「大鼻子」指代的是社會主義蘇聯，日本帝國主義的最終目的要打垮社會主義，不分國界的被壓迫的大眾要聯合起來反抗日本帝國主義。

小說不僅要表現東北人民的抗日鬥爭，而且還解釋這場鬥爭的偉大歷史意義。篤信現實主義的李輝英，為了突出小說是基於事實的創作，作品中很多人物以實名登場，郝永德與中國地主交換的契約書（440～442 頁）、郝永德與朝鮮包工頭交換的契約書（444～446 頁）都是實物呈現。但是顯然，作者忽略了另一些事實，說漢語的中國農民與說朝鮮語的朝鮮勞工之間怎麼交流？萬寶山的農民何以能聽一個學生長篇大論的階級鬥爭理論、帝國主義理論。其中的原因之一，作者急於表達自己的思想觀念，急於啟蒙中國大眾，忽視了故事本身的融貫性，以及歷史事件的真實性。小說以想像和口號結尾：

他們（指萬寶山的農民——筆者注）沒有傷亡，倒是那些警察們，有些抱著槍支躺在地上長眠了。

〔註20〕李輝英，萬寶山〔M〕，東北現代文學大系・長篇小說卷（上），張毓茂，主編，瀋陽：瀋陽出版社，1996：474～475。

〔註21〕李輝英，萬寶山〔M〕，東北現代文學大系・長篇小說卷（上），張毓茂，主編，瀋陽：瀋陽出版社，1996：525～526。

> 口號在黑暗中蕩動起來：
>
> 「剷除中國官僚！」
>
> 「打倒日本帝國主義！」
>
> 「中朝被壓迫民眾聯合成功萬歲！」
>
> 「被壓迫民族解放萬歲！」〔註22〕

　　與《萬寶山》的簡明化相比，蕭軍的小說《八月的鄉村》呈現了東北抗日鬥爭的艱苦和複雜。

　　《八月的鄉村》創作於偽滿洲國的哈爾濱，完成於蕭軍流亡的第一站青島，1935年在上海作為「奴隸叢書」之一出版，魯迅先生為該書撰寫了序言，之後80年間有十幾種版本發行，並被翻譯成多國語言在日本、蘇聯、英國、美國、德國、印度等國出版〔註23〕，是一部影響廣泛的抗日小說。

　　《八月的鄉村》取材於東北人民革命軍、抗日義勇軍在中國共產黨領導下與日本侵略者和偽滿洲國軍隊的游擊戰爭。蕭軍在小說中主要描寫了一支人民革命軍隊伍的戰鬥生活，他們行軍、駐紮、進攻、退敗、轉移，在與日本軍隊戰鬥的同時，還發動群眾鬥地主和資本家，奔向革命隊伍。小說描寫了他們的希望與失望，勇敢與疲乏，歡樂與傷痛，隱忍與飢餓。原本是普通農民，鍛造成革命戰士，勇敢地投入到抗日戰爭的洪流中。作者為了更直接抒發感情、表達觀念，小說也設計了演講者角色——革命軍中的陳柱司令，他的演講激發情感、指明革命道路：

> 　　同志們，我們從祖先就在這裡居住啊！看那樹啦，井啦！牆上的一塊石頭，房子的一根椽子……全是祖先費過力弄得的吧！我們過去的祖先，是受前清那些王八羔子們管轄，給他們納租，納糧，叫他們作皇上。我們為什麼要皇上呢？……後來張作霖父子又來管轄我們……他們養兵，打仗，造兵工廠……這是為的保他們自己的天下……誆騙我們說是衛國——打日本人——現在日本人真的全來了……他們卻一槍也不遞的就跑了……他們腰有錢……到別處還是一樣享福的啦！他們把錢全存在外國銀行裏……

〔註22〕李輝英，萬寶山〔M〕，東北現代文學大系·長篇小說卷（上），張毓茂，主編，瀋陽：瀋陽出版社，1996：540～541。

〔註23〕據梅娘介紹，在1940年代初，她在東京內山書店購買到蕭軍的著名抗日小說《八月的鄉村》。筆者個人採訪，北京，2003年7月。

現在日本人一天比一天多了，日本兵也一天比一天惡了，還有
高麗人……他們要完全將我們趕跑！他們住我們的房子；種我們的
地，老的牛馬他們殺死，揀強壯的使用……我們祖先底墳墓要刨了，
我們底子孫，也再不能在這裡活下去──〔註24〕

痛陳日本侵佔東北，東北的國民軍妥協逃跑，陳柱指明了革命的對象：

我們當前唯一非撲滅不可的敵人，就是日本帝國主義的軍閥、
政客、資本家。為日本帝國主義作走狗的滿洲軍閥、官吏、地主、
土豪、劣紳……他們是無恥的東西……他們是企圖破壞、阻礙勞苦
大眾的革命發展；他們企圖永久使弱小民族、勞苦工農和士兵階級，
永世千年，子子孫孫，在他們底地獄裏生活！〔註25〕

作者借演講者直抒胸臆，抗日戰爭不是單純的對日本侵略者的戰爭，還是
解放勞苦大眾的鬥爭，打敗日本帝國主義的同時，也要粉碎現有的社會制度，
開創一個新世界。當然小說不僅僅是這種口號式的宣傳，作者著重塑造了革命
軍中戰士，這些戰士有的來自農民，有的來自舊軍隊，有的來自「絡子」（東
北鬍子的俗稱），有的來自學生知識分子。除了毫不動搖的鋼鐵戰士陳柱司令
和鐵鷹隊長，其他戰士各有各的弱點和可愛可敬之處，膽小怕苦怕累的劉大個
子，渴望過上安安靜靜吸一袋煙日子的小紅臉，為愛情違反命令的唐老疙疸，
他們是有血有肉的普通東北人，他們還不太會使用「同志」「贊成」這些「太
進步」的語言，認為革命就是「割命」，分不清當兵和革命的關係，如果沒有
日本人毀壞他們的家園殘害他們的家人鄉人，他們會安心地過著也苦也累也
樂的鄉村生活。日本的入侵，掀起了他們原來平靜的生活，他們從「本能抗日」
到成為有組織有紀律的革命軍戰士。知識分子戰士蕭明和朝鮮來的安娜，他們
懂得革命理論、宣傳革命理論，勇敢熱情。但是當陳柱司令不允許他們相愛時
──「戀愛是革命的損害」，那個帶著八個新戰士從興隆鎮奔向革命軍本部王
家堡時機智勇敢的蕭明，變得遲鈍和無智，「投在夢一般的悲哀裏」，不再關心
革命事業，甚至偽滿洲國軍隊和日本兵向自己率領的部隊進攻，都變得不重要
了。而安娜要求離開東北革命軍回上海，面對陳柱司令的質問：「這是自由行
動，黨裏不能允許的──」安娜回答：「為了我自己──我需要自由！」喝了
酒的安娜最後說出：「喝酒比革命要充實的多啊！革命是什麼呢？革命是一隻

〔註24〕蕭軍，八月的鄉村〔M〕，北京：人民文學出版社，1980：83。
〔註25〕蕭軍，八月的鄉村〔M〕，北京：人民文學出版社，1980：118。

寶貝的罈子嗎？裏面盛的是苦痛？還是不自由？」〔註 26〕最後在敵人進攻的危機關頭，已經成長為堅定革命戰士的農民李三弟和小紅臉帶領部隊保衛傷員繼續戰鬥。

　　與《萬寶山》一樣，《八月的鄉村》是直接描寫東北人民抗日鬥爭的作品，且抗日鬥爭與無產階級革命融為一體，把地主、資本家、官吏劃入日本侵略者陣營，抗擊日本侵略的同時，加強無產者之間的聯繫，推翻現有的社會制度，開創一個新世界。不一樣的地方是，《萬寶山》簡單明瞭地劃清敵我，毫不猶豫地投入戰鬥；而《八月的鄉村》還描寫了抗日革命軍內部的複雜性和多變性，知識分子的懦弱和退縮，革命軍中的農民戰士進步成長為勇敢堅定的革命者。兩部作品在上海出版，主要讀者是不太瞭解東北抗日鬥爭的關內民眾，簡單明瞭的理想主義故事有助讀者一下子抓住東北被侵略、人民在反抗的事實；複雜迂迴的現實主義故事展示東北游擊抗戰的艱辛和抗日隊伍內部問題。這些都有助於當時的中國民眾認清日本侵略殖民東北、國民黨軍隊無所作為，希望全國民眾支持東北的抗日鬥爭。

　　此外，《八月的鄉村》還展開了許多故事線索，在後來的中國文學多有展開，比如人民革命軍鬥地主王三東家──「他們（地主和地主婆──筆者注）底衣服被剁裂開，顫動地在人們圍繞裏面，像兩隻刮掉毛絨的肥豬仔……陳柱並不向他們有所詢問，只是簡單地說給蕭明，將他們拉到什麼地方去槍斃而後埋葬就完了。」蕭明問：「斃了他們必要嗎？」〔註 27〕這場景、這疑問，在延安文學、解放區文學一直到莫言的系列小說、張煒的《古船》、陳忠實的《白鹿原》等都有回應。

　　東北抗日文學另一個重要支脈是東北抗聯文學。抗聯文學，主要指中國共產黨領導下的東北抗日聯軍〔註 28〕士官們應戰時文藝宣傳工作的需要，創作的詩歌、歌曲、歌謠、快板、相聲、壁報以及街頭戲劇等，如楊靖宇（1905～1940）創作的《東北抗日聯軍第一路軍軍歌》《四季游擊歌》《中朝民眾聯合抗日歌》和話劇《王二小放牛》，李兆麟（1910～1946）的《東北抗日聯軍第三

〔註 26〕蕭軍，八月的鄉村〔M〕，北京：人民文學出版社，1980：172。
〔註 27〕蕭軍，八月的鄉村〔M〕，北京：人民文學出版社，1980：110。
〔註 28〕東北抗日聯軍，「九一八」事變後，東北人民自發的反抗日本侵略者，各種抗日武裝如游擊隊、義勇軍、救國軍、山林隊等，直到東北人民革命軍、反日聯合軍和抗日同盟軍等發展而成的東北抗日聯軍，抗日聯軍是由中國共產黨直接領導下的抗日武裝，楊靖宇任總指揮。

路軍成立紀念歌》《露營之歌》（與於天放、陳雷合作），周保中（1902～1964）的《十大要義歌》《紅旗歌》《民族革命歌》《說唱「九一八」》等，這些作品不僅在抗聯戰士中傳誦，也影響了東北當地的老百姓，每當召開群眾大會，會前會後，戰士們都會唱歌或表演自編自演的小節目。抗聯文學反映了抗聯戰士的生活，鼓舞了當時抗日軍民的鬥志，充滿了樂觀主義精神，其精神脈係來自延安，延續至東北解放區文學。

　　抗聯時期，條件艱苦，缺少紙張和印刷設備，這些作品大都以口頭形式流傳。很多作品僅僅留在當時人們的記憶中，急待研究者搜集整理。據吉林省社會科學院文學所馮為群和李春燕兩位研究員介紹，「長期以來，人們只知道楊靖宇同志寫過詩歌，可是很少有人知道他還寫過話劇。粉碎『四人幫』以後，我們在搜集和整理東北現代文學史料過程中，訪問了當年曾經給楊靖宇將軍當過警衛員至今還健在的兩位領導幹部，得知他們在演出楊靖宇的話劇《王小二放牛》﹝註29﹞中扮演過主要角色。通過他們的介紹，我們比較詳盡地知道了這個劇的創作年代（1936年冬）、創作背景、素材來源、全劇的劇情、排練過程、服裝道具和四次演出時間、地點以及演出的效果等具體情況。」﹝註30﹞筆者訪問的方未艾（1906～2003）先生，90多歲高齡先生還能背出趙一曼的一首詩：《濱江抒懷》「誓志為國不為家，涉江渡海走天涯。男兒豈是全都好，女子緣何分外差？一世忠貞新故國，滿腔熱血沃中華。白山黑水除敵寇，笑看旌旗紅似花。」趙一曼留在方老心目中的形象非常美好。一身古銅色西式衣裙，一雙深褐色的高跟皮鞋，齊耳短髮，瘦弱、面帶微笑。「她不但懂革命道理，還有較高的文學修養，和我談魯迅、高爾基，詩寫得好。我在《國際協報》時還編發過她的散文和詩歌。」「老楊（楊靖宇）大嗓門，古體詩寫得很好。」﹝註31﹞

　　抗聯文學是戰時戰地文學，和離開東北的東北作家群創作的抗日小說不同，很難產生長篇巨著，也不是精雕細琢之作，而是以短明快的方式鼓舞人感

﹝註29﹞《王小二放牛》，另一說《王二小放牛》，「王二小」更似東北方言。該劇通過王二小一家的悲慘遭遇，揭露了日本侵略者的罪行，頌揚了東北抗日聯軍的勇敢、機智。

﹝註30﹞馮為群，李春燕，東北淪陷時期文學新論〔M〕，長春：吉林大學出版社，1991：76。

﹝註31﹞劉曉麗，「系列採訪——尋訪東北三四十年代作家」我和蕭軍一起救蕭紅〔N〕，社會科學報，2006-6-29。

染人，更重要的是這些作品緊貼東北大地，以「身體麥克風」的方式傳播，以肉體記憶的形成流傳，在中國現代文學中獨樹一幟，值得銘記。

此外抗日文學還有一系——偽滿洲國時期中華民國政府國民黨地下組織的地下刊物、地下文學。「東北通訊社」是國民黨地下組織於 1940 年 11 月秘密建立的，在通訊社下設 19 個通訊部，每個通訊部都有一種以上的秘密刊物，最著名的要屬《東北公論》〔註 32〕。這方面的資料有待進一步勘查和研究。

第三節　解殖文學——《新幽靈》《僵花》

思考殖民地文學時，一個常見的思考路徑是：合作和抵抗。在偽滿洲國，早期的反殖文學、逃離偽滿洲國的東北作家群和抗日聯軍的抗日文學理應被讚美。但這也會帶來另一種後果：殖民地日常寫作的意義被削弱、被忽略。

滿洲傀儡國成立後，一部分作家以筆反抗，一部分人拿起武器投入戰鬥，一部分人流亡到關內各地——控訴日本帝國主義對中國東北地區的侵略與殖民，還有一部分作家因為各種原因留在殖民地，他們的寫作要與殖民地文化政策共在，他們的作品要發表在殖民地官方准許的出版物上，故他們的文學作品與反殖文學、抗日文學不同，作品中沒有抵抗侵略的內容，也沒有包裹反日故事，更不會直抒胸臆地寫抗日鬥爭和無產階級團結起來打碎一箇舊世界的故事，作品中也很少透露作者的愛恨情緒，而僅僅是書寫殖民地的日常生活經驗，尤其是中產階級女人男人的腐壞的生活、可悲的故事。這些男男女女們沒有波瀾壯闊的激情，沒有俠肝義膽的正氣，也沒有民族大義的情懷；有的是消沉的意志，空洞的傷感，可笑的生活小伎倆，被殖民者凌辱下的小奸小壞和「陽奉陰違」的求生方式。這些中產階級男女只要留在殖民地，就必須始終面臨殖民者的淫威、貪婪和鄙視，為了生存下去，精神萎靡或淪落幾乎成為常態。然而也正因如此，這些頹靡的男男女女們遠離「滿洲國」的積極國策。這一點在「滿」的日本人也看出了苗頭，武部歌子撰文宣稱——「滿洲國」很少有中產階級女性能夠承擔國家責任。〔註 33〕日偽政權也窺出其端倪，1941 年公布於《滿洲日日新聞》上的對文藝作品題材限制和禁止的範圍，就包括「不准以頹

〔註 32〕 《大同報》編輯李季瘋被捕越獄後，在逃亡中擔任過國民黨地下刊物《東北公論》的編輯。

〔註 33〕 武部歌子，大東亞戰爭下青年婦女的覺悟〔N〕，青年文化，1943-1（3）：16。

廢思想為主題」〔註34〕。刊載在偽滿洲國出版物的這類作品源於殖民地日常經驗，從歷史在場的角度記下了殖民地實際景象和日常生活情況及其傷痕，這些文學作品體現了偽滿洲國官方宣傳和殖民地人們生存現狀的強烈反差，他們在偽滿洲國文壇，暗流湧動，如消除劑一般慢慢的消溶著偽滿洲國意識形態許諾的「五族協和」「王道樂土」「美好生活」等，侵蝕著殖民地政權的統治根基。本節把這類占偽滿洲國文壇大多數的作品，稱為解殖文學，即消解、溶解日本殖民統治的文學，並把這些作品放在殖民語境、殖民創傷和殖民遺緒等基軸上來考察，以偽滿洲國知名女作家吳瑛為例來探討這種文學。

　　吳瑛（1915～1961）出生時，東北是張作霖的天下，13 歲時，張作霖被暗殺後，東北易幟——懸掛中華民國的「青天白日旗」，17 歲時，滿洲傀儡國執政溥儀簽發了「通令」——禁止懸掛中國地圖、中國旗幟，偽滿洲國的「五色旗」隨處可見。在城頭不斷變幻大王旗中，吳瑛在吉林省立女子中學完成學業。19 歲，出任《大同報》外勤記者，那時正是《大同報》上的反殖文學——「夜哨」被迫停刊不久，吳瑛為應對大同報社的招聘考試，會讀過報紙上的作品吧。多年以後的 1944 年，已經名滿「滿洲國」的女作家的吳瑛撰寫《滿洲女性文學的人與作品》時，專門提到悄吟（蕭紅）和劉莉（白朗）在「夜哨」上的作品《叛逆的兒子》等，並對她們表示了深深的敬意，稱蕭紅是「開拓滿洲女性文藝的第一人」，「以女性的犀利的觀察，來描出那現實」；稱白朗的作品「呼應著當時北滿特有的創作氛圍，有著敏銳的豐穎的新的力量」。〔註35〕此外，吳瑛的文學素養中還有冰心和丁玲，一次採訪中，她說學生時代先是閱讀冰心之後又閱讀了丁玲，〔註36〕她評價蕭紅作品時，也以冰心和丁玲為座

〔註34〕 最近的禁止事項——關於報刊審查（上）〔J〕，滿洲日日新聞，1941-2-21，文中刊載了對「總務廳」參事官別府誠之的採訪報導，列舉了八條在報刊雜誌的文藝作品中限制和禁止的範圍：1.對時局有逆行性傾向的；2.對國策的批判缺乏誠實且非建設性意見的；3.刺激民族意識對立的；4.專以描寫建國前後黑暗面為目的的；5.以頹廢思想為主題的；6.寫戀愛及風流韻事的，描寫逢場作戲、三角關係、輕視貞操等戀愛遊戲及情慾、變態性慾或情死、亂倫、通姦的；7.描寫犯罪時的殘虐行為或過於露骨刺激的；8.以媒婆、女招待為主題，專事誇張描寫紅燈區特有世態人情的。並附注釋說，其中激發民族意識對立者，專寫黑暗面者、徹頭徹尾描寫花街柳巷等方面非常多。本書參見資料〔C〕//東北淪陷時期文學國際學術研討會論文集，於雷譯，瀋陽：瀋陽出版社，1992：181。

〔註35〕 吳瑛，滿洲女性文學的人與作品〔N〕，青年文化，1944-2（5）：23。

〔註36〕 乙兵，女作家吳瑛氏訪問記〔N〕，麒麟，1943-3（8）：137。

標，稱蕭紅的「文藻和詩情的文體，很有點與謝冰心的筆法相似，但其所包含的意識形態的積極性，則又類似丁玲了」〔註37〕。

　　21 歲的吳瑛開始了文學創作，24 歲結集出版了第一部小說集《兩極》，並獲「文選賞」，1943 年計劃出版第二部小說集《白骨》，未見刊行。東北光復後，30 歲的吳瑛與丈夫吳郎移居南京，1961 年離世。吳瑛的文學創作生涯為1934～1944 年，韶華十年，共創作了 30 多萬字的作品，多數作品被翻譯成日語介紹到日本〔註38〕。吳瑛作為偽滿洲國的知名作家，幾次代表偽滿洲國參加文藝「國策」部門組織的會議。1940 年吳瑛作為「滿洲國」編輯記者的代表參加了在東京舉行的第一次「東亞操觚者大會」，1942 年又作為「滿洲國」作家的代表參加了在東京舉行的第一次「大東亞文學者大會」〔註39〕，同年還參加了由「滿洲文藝家協會」與「華北作家協會」聯合舉辦的「滿華文藝交歡」活動，吳瑛的小說《墟園》刊於華北作家協會機關刊物《中國文藝》（1942 年第6 期）上。20 多歲的吳瑛因擁有文學才能被殖民政府左右參加各種活動，也因此成為偽滿洲國代表性作家。吳瑛的作品以寫實白描的方式記錄了殖民地的日常生活經驗，在小說集《兩極》「後記」中吳瑛這樣評價自己的作品：「這裡包含的故事，全屬於這塊土地上的所有，我更深一層的置重於人和物的描繪，體會到她和他們作人的方式和求生的規律，讓這群人類長久的纏綿在我的印象裏並喘息在大眾的眼前。」〔註40〕吳瑛的文學想像源於經驗，而非源於分析和評判；那些不動聲色的白描，呈現了殖民地日常生活經驗，而非觀念批判式的抵抗和抗爭。

　　小說集《兩極》寫了一群不討人喜歡的衣食無憂的人們，男人、女人，僕人、主人，新女性、舊女人，他們自私自利，斤斤計較，孤僻吝嗇，自以為是，見不得別人比自己好。當時的評論家顧盈以批評的口吻指責吳瑛的作品，「大部分是屬於沒落了或將要沒落的人物。並且這群沒落了或將要沒落的人物，又幾乎完全裝入已經死去了或將要死去的環境裏。因此我們沒法不因

〔註37〕 吳瑛，滿洲女性文學的人與作品〔N〕，青年文化，1944-2（5）：23。
〔註38〕 吳瑛的小說《白骨》用中文寫完後，還未刊出，森谷祐二就把這篇小說翻譯成日語，山田清三郎收入其編輯的《日滿露在滿作家短篇選集》（日本春陽堂書店，1940 年）一書。
〔註39〕 吳瑛參加「大東亞文學者大會」的情況，可參見李冉，吳瑛與「大東亞文學者大會」〔N〕，漢語言文學研究，2015（2）。
〔註40〕 吳瑛，兩極‧後記〔M〕，吳瑛，兩極，長春：文藝叢刊刊行會，1939：1。

了取材的灰色，懷疑到作者自己的意識的健康和正確了。」〔註41〕顧盈用錯了力量但卻點出了吳瑛作品的要點，那「已經死去了或將要死去的環境」即滿洲傀儡國吧。

《兩極》中的第一篇小說《新幽靈》〔註42〕，展示了「已經死去了或將要死去的環境」中人們的日常生活。小說寫了兩個生活空間，一個是城市小市民的核心家庭，一個是「官廳」的現代辦公室，大學生丈夫即官廳職員把這兩個空間串起來。小市民家裏有穿洋服的在北京讀過大學的丈夫——春華，有纏足不識字的舊式妻子——春華嫂——大學生丈夫給她起了新名兒——「美雲」，還有一個淘氣的 5 歲孩子。官廳辦公室裏有四個職員，一個需要對他說些日語的科長。

家裏，有著「弧形馬鈴薯」雙腳的春華嫂和「咯噔咯噔一陣皮鞋」的大學生春華表面相安無事，實則格格不入。春華嫂有一套自己的生活手段和行為準則，尊重丈夫——「丈夫在春華嫂的眼裏，那可就實在是個了不起的人物嘍！」；吃苦耐勞——「有雇老媽子的那錢，節省下來不就夠我們吃一個月的菜錢了麼？」；順從公婆——「他那個爹呀（小他爺）做的好事，我還沒過門兒的姑娘，就捎書帶信的裹腳呀！」；傳宗接代——有了一個 5 歲的兒子，又「彈著行進曲調子的肚子，緊接著一天天的高起來」；管牢丈夫——「春華嫂顛著屁股坐在炕上哭呀！鬧呀的，飯也不做，覺也不睡，整夜整天的哭，住了哭，就是罵。」要是還在鄉下大家庭裏，春華嫂會是受人稱讚的聰明媳婦。但是現在隨丈夫到了城裏，做了城市小家庭的主婦，大學生丈夫不理解也無意理解她的手段和心思，只是因為「三天兩頭的攪擾，鐵打的小夥子也經不住一個勁地鬧呀」，就偷偷摸摸地過自己想過的日子——下班後去聽戲、「逛道」（逛窯子）。而成天動腦筋要靠哭鬧和生兒子來攏住丈夫的春華嫂，根本不知道官廳是一個什麼樣工作場所，聽說官廳裏還有女人，就惡毒地咒罵——「小他爸（大學生——筆者注）動不動就說甚麼能賺錢的姑娘啦！呃呃，我才不聽甚麼賺錢，他祖宗的人都給丟透啦，天生賤骨頭，就願意給男人做小老婆的。」

〔註41〕顧盈，吳瑛論〔M〕//陳因，滿洲作家論集，大連：實業印書館，1943：197，此書在偽滿洲國時期的關東州出版，原書出版時間為日本紀年：明昭和十八年六月。
〔註42〕吳瑛，新幽靈〔M〕，吳瑛，兩極，長春：文藝叢刊刊行會，1939：1～22。

官廳辦公室的大學生又有著怎麼的生活呢？每天捏著鐘點早五分鐘到辦公室，因為「平常要是誰來遲一步，準得吃他（科長）的一頓暴損」。這一天大學生提前兩分鐘到辦公室，科長在他之前到了，大學生趕緊去道早安──「オハヨオ御座イァス」〔註43〕，說了兩遍，臉一直朝著牆的科長「才略轉了頭，點了兩點」。這樣情景，同事還寫來紙條問：「什麼原因呀？科長對你挺客氣？」科長的遲來的傲慢的點頭回應，對職員來說彷彿恩典一般。辦公室一天的工作開始了，大學生抄頭一天沒有抄完的統計表，與科長對桌的小劉特別賣力──「辦事認真」整理書籍，距離科長較遠的小陳「煞有介事」似的，其實在畫畫，畫科長和小鳳（一個妓女），「緊張的氣息襲罩著全辦公室職員的臉上」。一個電話叫走了科長，辦公室熱鬧起來，小陳「索性坐到辦公桌上，嚼著紙團子，一邊還哼哼著特別快車的曲子」，大家吵吵嚷嚷地商量著晚上的消遣──看戲、逛妓院，為妓女小鳳爭風吃醋地調笑著。這是官廳辦公室一天的生活。科長不在，大家就「鬆快一天」，工作上的事情，科長想什麼做什麼，職員們根本不在意，而科長也不管職員在做什麼，只要「煞有介事」地「辦事認真」就行。官廳辦公室也只不過有一個現代的軀殼而已，裝神弄鬼的高壓和應付了事是每天的節奏。

春華嫂守著鄉間「媳婦」的生活規範，隨大學生丈夫來到城裏，也試圖改變自己成為一個城市小家庭的「主婦」。她有了新式的名字──美雲，也努力想過新式的生活──學時髦女郎化妝討丈夫歡喜，晚飯後，「倒盆洗臉水，真麻煩，害得化化妝，不，春華嫂是說該抹抹粉的。也不知她弄的一些什麼鬼子紅啦，往臉上擦呀，抹呀的，忙了一陣，嘴唇更是春華嫂忘不了的一部分的化妝，你看，說它是紅吧，又紫溜溜的，誰知它是好看不，反正在春華嫂看來，真是有紅似白的。」這兩邊不搭的生活，不但大學生不理解，春華嫂自己也不知道自己，她在巨變的日常生活中無所適從，找不到自己的位置，不知道該如何得體地過日子。

殖民地伴隨了所謂現代化制度和現代家庭的建設，人們的生活空間和家庭結構也隨之改變，強行植入的殖民現代性，造就了「新京」（長春）、奉天（瀋陽）和哈爾濱等都市，都市中興起了一批以外來移民為主的小家庭。居家的女人們，多數在農村長大沒有受過現代教育，也割斷了鄉間培育的智慧，在都市

〔註43〕オハヨオ御座イァス，意思是早上好。這是擬仿中國式日語的發音：おはようございす，標準日本語的發音是：おはようございます。

中舉手投足、日常言談，在別人眼裏是笑料，在自己心裏是自卑和傷痛。而在社會上工作的官廳職員們，若與日本同事打交道，不過關的日語是第一層尷尬，大學生的問候語——「オハヨオ御座イァス」，這是很奇怪的發音，吳瑛沒有寫成「おはようございます」，是借用這種古怪寫法（發音）示意大學生古怪的日語發音。第二層尷尬是無處不在的種族等級制。各行業中，日本人職位高高在上；日本工人的收入是中國工人收入的三倍以上；日常生活中，在買米、麵、糖、乳製品、糧油、火柴、鹽和甚至毛衣等服裝方面也與其他各族人有嚴格的區分。〔註44〕這些官廳裏的「大學生」們，回家時面對無法交流的太太，工作時面對「主子」般的上司，他們的生活情何以堪？怎麼辦？上班應付了事，小心翼翼地對待「主子」或「類主子」，並不認真做事。同是偽滿洲國的女作家楊絮這樣記錄自己的職業生活，「回到班上寫了一些零碎稿件，預備把這期刊物早日付梓。我很規矩的作出的動謹的姿態與表情，並不是向日系上司討好，而是但得太平還是太平的好！」〔註45〕

《新幽靈》裏呈現的偽滿洲國的日常生活，消解了殖民者一路高歌宣傳的「五族協和」「王道樂土」的「新滿洲」，家庭裏夫妻如隔著鐵幕般不能溝通，社會上種族等級無法逾越，還談什麼「五族協和」？沒有必要的準備就被強行改變了的生活環境，讓人們無所適從，還談什麼「王道樂土」？

吳瑛的另一部小說《僵花》〔註46〕從另一個層面呈現了殖民地生活的日常經驗。年輕漂亮嬌寵任性的阿容姑娘從日本留學歸來，給毫無生氣的庭院深深的家帶來一線生機，寡居多年的母親和越來越清心寡欲的珍姨娘都滿懷希望，阿容也自信滿滿地覺得自己會找到一份好工作。但是沒過多久，這生機就枯萎了，這個家不但又回落了原初的寂寞，而且還帶來了新的煩憂。阿容沒有找到工作，還被陳司長騙去了身心和錢財，病倒家中；寡居的母親和失了愛失了錢財的珍姨娘帶著新憂又回到原來的生活軌道。小說的代序是一首小詩，「歸去！／那一座埋著枯骨的墓地上，／墓地上是寂寞的，／一隻蒲公英贏弱的從墓地裏吐出頭。／下過一夜的風霜，／又驟然枯萎了下去。」這分明就是這篇小說的詩意表達，預示了故事的開端和結局。

〔註44〕這方面的相關研究可以參見以下研究，〔日〕「滿洲國」史編纂刊行會編，滿洲國史（上、下）〔M〕，東北淪陷十四年史吉林編寫組譯，內部資料，1990。

〔註45〕楊絮，生活手記〔M〕，楊絮，落英集，長春：開明圖書公司，1943：22。

〔註46〕吳瑛，僵花〔N〕，盛京時報，1942-1-24～2-27。

　　阿容留學歸來，一到家，就充滿了厭氣，古老的房子、古老的家具，一切都是那麼的「腐老」。庭院裏「風景顯然是比二年前更萎頹了下去，甬路上清楚的有幾處陷下去的破的裂痕……四周失了色彩的欄杆上，也有一二處缺痕，每個角落都呈現著成年累積的灰塵網……有如在這所古老的住宅裏已失去了主人，一副慘淡的景色」。「這是一所寂寞的廟宇」。這個家是什麼樣的家呢？吃飯時，阿容因為餐具的事兒與媽媽和家人鬧著彆扭。媽媽拿出不常用的精貴的象牙鑲嵌的筷子，阿容不但不領情，還不滿意地說：「筷子是必須每人有一雙專用的才合乎衛生。」從「日本自由學園」走出來的阿容有了現代衛生觀念。阿容把出國前讀的《寄小讀者》放在書架最低端，從日本帶回來的《生活改善》（下村海南著）和吉屋信子（1896～1973）的小說同几冊婦人雜誌放在上面。留學日本四年的阿容，為自己改了日本風的名字──容子，認為「外國的什麼都好，都是又合適又精緻，一切都合乎現代的，不像我們腐老得又笨又浪費的。」看不慣自己家裏的一切，但是阿容對未來充滿信心，「一個從日本歸來的留學生，無論如何是不憂沒有好職業的。」阿容的女同學也這樣認為：「一位女留學生，你應該有一個高等職業的位置。」

　　阿容他們這些「滿洲國」的青年們，厭棄舊的憧憬新生活的心態並非沒有根據，偽滿洲國的大眾媒體處處在宣揚著舊滿洲的腐朽和留日學生的美好生活、美好前程。當時「獨佔滿洲雜誌核心」的《新滿洲》，創刊即連載小說《新舊時代》《協和之花》〔註47〕，《新舊時代》標舉「告別舊時代，擁抱新時代」，舊滿洲腐朽、落後，「新滿洲」文明、先進；《協和之花》描寫留日滿洲男青年和日本女孩的愛情故事，學成歸國後他們在「滿洲國」過著幸福的生活。《新滿洲》還設有「留學生訪問記」專欄〔註48〕，讓留日學生介紹自己過去的留學生活、現在的有為生活以及對未來的暢想。雜誌還刊有「滿洲國」民生部專門教育科長呂俊福的報告──《向全國學生公開的報告──介紹給希望留日的學生》〔註49〕，在這篇報告中，介紹了留學日本的具體要求及程序，「滿洲國」的學生在日本的特殊待遇及將來的美好前程。《僵花》中的阿容在這樣的媒體氛圍中赴日留學、修滿學業歸來，對憧憬未來似乎是一個正常的感覺邏輯。但

〔註47〕陳蕉影，新舊時代〔J〕，新滿洲，1939-1（1-12）。
　　　　桂林，協和之花〔J〕，新滿洲，1939-1（1-6）。
〔註48〕記者，留學生訪問記〔J〕，新滿洲，1943-5（9-10）。
〔註49〕呂俊福，介紹給希望留日的學生〔J〕，新滿洲，1941-（8）。

是作品中的阿容或許由於眼高手低，一直找不到合適的工作，獻身獻錢獻感情，都於事無補。小說中還寫到了，阿容的表哥——「那處處擺著西洋架子」的丁丕欣——也為工作之事兒求著人；同是留日的女同學——文，去年回國成婚，現在丈夫熱戀上了一個舞女，正打算離婚；「說著流暢日語的女高等官」與阿容爭著陳司長。小說中的昏暗前景和日偽宣傳的光鮮未來形成如此的反差，難怪批評家顧盈評價吳瑛：「我們沒法不因了取材的灰色，懷疑到作者自己的意識的健康和正確了。」〔註50〕

　　吳瑛的小說喜用「起名」「改名」的細節，《新幽靈》中大學生為春華嫂起來一個新名「美雲」，但美雲只是「大學生」一個人叫的名，「我們的春華嫂壓根兒就不知道有過什麼名兒，一個鄉下姑娘，那還顧得去扯那個，什麼名兒的字兒的有啥用？」《僵花》中阿容給自己換個新名「容子」，但是這個名兒只有阿容自己用，母親對她說：「名兒是你自己更換的哪！」「阿容，女孩兒家家的，你不許叫著『子』字呀！我不能那樣的叫你。」如果聯想到前文所述的吳瑛所處時境，東北從張作霖的天下到國民黨的中華民國，到「滿洲國」「大滿洲帝國」，「改名」及人們對改名的態度，可能就不是一種閒筆了吧。

　　1932 年對於中國東北來說，是一個節點。雖然之前東北也有各種勢力的滲透，軍閥之外還有俄國、日本、德國以及美國等勢力的入侵；但是1932 年之後日本的勢力成為主導，並且利用清國舊帝舊臣建立了滿洲傀儡國，制定了一系裏的相關法令，對外宣稱「獨立政體」。學者杜贊奇（Prasenjit Duara）從「東亞現代性」的視角出發，認為滿洲傀儡國提供了歷史上獨一無二的「現代民族國家的實驗室」〔註51〕。這種遠距離的理論想像，無助理解這個異態時空的精神形態。本章藉文學現象來觀察偽滿洲國，偽政府一方面妄圖借助文學構建所謂的「現代民族國家的意識形態」，炮製出：「五族協和」的「新滿洲—新國家」，以及所謂的「繁榮昌盛」的「王道樂土」。為此鼓勵文學創作、輔助文學期刊及出版社，但是他們又深知自己的統治不具合法性，恐懼文學作品誘發「不良行為」，危及「國家基礎」。為此出臺了《出版法》（1932 年）、《思想對

─────────────

〔註50〕顧盈，吳瑛論〔M〕//陳因，滿洲作家論集，大連：實業印書館，1943：198。
〔註51〕Prasenjit Duara（杜贊奇），*Sovereignty and Authenticity: Manchukuo and the East Asian Modern*〔M〕. Oxford：Rowman and Littlefield, 2003，杜贊奇認為，偽滿洲國雖是軍事法西斯政權，但主張種族協和，不同於納粹的純化日耳曼民族觀念。偽滿洲國不同於前現代國家，也同於傳統殖民地，融合了東西方文明，具有東亞現代性。

策服務要綱》（1940年）、《藝文指導要綱》（1941年）等應對文學事業的法規。短短的14年統治，偽當局不斷增加相關條例，可以證明他們有限的影響力，同時亦可證明作家和讀者同樣能意識到文學所蘊藏的顛覆性力量。偽滿洲國早期文壇《大同報》《國際協報》上的反殖文學，逃離「滿洲國」的東北作家群的抗日文學，「滿洲國」治下的解殖文學，這些文學作品似湧流似伏泉，在這個異態時空四處流溢，以不同的方式不同力度回應「滿洲國」這個存在，致使日本殖民統治在文化上成為虛妄。

曾經在偽滿洲國編《滿洲浪漫》雜誌的北村謙次郎（1904～1982），回憶與作家古丁在小酒館的一段對話。

> 「新京也新建築不斷，相當壯觀。只可惜其中也有不太美觀的，大概滿人諸君看了也不順眼吧。」同席的「日系」作家們不知因何緣由，說了些半以恩人自居、半挑逗性的閒話。
>
> 於是，朦朧醉眼的古丁先生「嗯？什麼？」面朝這邊冷笑一聲，毫不客氣地回敬道「說什麼呢，有朝一日那些統統都會還回來的！不用擔心。」說完一口氣咽下女招待端來的涼水。
>
> 太令人驚詫了，古丁先生是如何了不得的占卜師或是預言家我不太清楚，他以一種「統統都會還回來」的心情來瞻望時局。滿洲國也好協和政治也罷，日本人絞盡腦汁，千方百計地對漢民族實施懷柔政策，然而對方卻毫不「領情」，堅信有朝一日「中華」光復。
>
> 〔註52〕

尾崎秀樹對北村謙次郎的回憶，這樣評述：「古丁似乎根本未把這130萬平方公里的地域裏，接連發生的面具歷史劇放在眼裏。……可以說日本在『王道樂土、五族協和』美名之下的大陸侵略，在那瞬間被徹底地顛翻了。」〔註53〕

多年以後，一個名叫土屋方雄的關東憲兵隊的憲兵，這樣記述了東北光復的日子：

> 最後的時刻來了。為了向齊齊哈爾告別，我穿上憲兵的制服，騎上愛馬，一個人從龍門大街繁華區走去。街上同前一天完全不一

〔註52〕北村謙次郎，北邊慕情記〔M〕，東京：大學書房，1960：133～134，古丁這段軼事，在山田清三郎、淺見淵、安藤良介的回憶錄中也有記載。

〔註53〕尾崎秀樹，舊殖民地文學的研究〔M〕，陸平舟、間ふさ子譯，臺灣：人間出版社，2004：92。

樣了。不知何時做的準備，挨家掛著中國的青天白日旗。人們充滿
喜悅，騎在自行車上的人或是坐在馬車上的人都拿著中國國旗，甚
至連朝鮮人也拿著朝鮮的國旗在街上走。

　　真是變起俄頃！這些東西是什麼時候做的？派遣密探，天天睜
大眼睛盯著，怎麼還會這樣？〔註54〕

殖民者日日監視，但是他們根本看不到真相，看到的只是表面的順從，這
裡的人們一直在等待解放的時刻，這一刻一旦來臨，他們即刻拿出早已準備好
的中國國旗表達喜悅之情，「那些統統都會還回來的」。

〔註54〕野田正彰，戰爭與罪責〔M〕，朱春立譯，北京：崑崙出版社，2004：232。

第五章　解殖性內在於殖民地文學

　　描述殖民地文學時，借用民族主義思想資源，合作與抵抗是慣常思路，也是合理的思路。據此，殖民地文學被描述成反抗文學和合作文學兩大類。近年，這中兩分因掩蓋殖民地文學的複雜性，讓人心生疑惑。上一章我們提出解殖文學、反殖文學、抗日文學的分析框架，反殖文學和抗日文學借用民族主義思想資源和左翼文學傳統，在中國現代文學史上獨樹一幟；而殖民地在地文學中的解殖文學，其借用的思想資源和承接的文學傳統龐雜，這些文學在客觀上起到消解、溶解殖民統治的作用。解殖文學，不僅是一種殖民地文學類型，也是一種方法論。本章進一步對解殖文學進行分析，力圖建立一種出入文本內外的通道、一種詩學和政治學相結合的範型，以此來增加解讀殖民地文學的理論維面。

第一節　再思解殖文學

　　今天我們似乎不再對偽滿洲國時期的文學抱著只有合作和反抗兩種文學的想像，不管對其文學知道多少，總會有人想像得出那時那地的文學充滿著灰色地帶，僅僅用合作和抵抗這樣的概念很難進行有效闡釋。上一章我們提出反殖文學、抗日文學和解殖文學的殖民地文學分析框架和概念，為解讀偽滿洲國時期文學作品開啟新的解讀方案和闡釋空間。

　　反殖文學、抗日文學和解殖文學這組概念意指與偽滿洲國相關的三種文學類型，解殖文學在複雜性和闡述難度上處於核心地位。在偽滿洲國，反殖文學是指以哈爾濱文壇為核心的共產黨作家和愛國文藝青年們，在偽國治下的

報刊雜誌上刊發暴露日本侵略東北殖民東北的文學作品。這些作者意識明確地要反對殖民統治及其宣傳的意識形態，因他們的作品要刊載在殖民地的官準出版物上，隱微書寫是其主要特徵。抗日文學指直接抨擊日本帝國主義侵略東北、揭露日本侵略者在東北大地的暴行、歌頌中國人民反抗日本侵略為內容的文學作品，以著名的東北作家群文學和東北抗聯文學為代表，直抒胸臆是其主要特徵。解殖文學，指居住在殖民地或者在殖民地成長起來的作家，他們在殖民歷史現場創作並發表在殖民地的多種多樣的文學作品，隱去作者情緒溫度的零度寫作、無評估義務的旁觀是其常見特徵，解殖文學與殖民統治共在，其承接龐雜的文學傳統和思想資源，或專注波瀾不驚的日常瑣碎生活，或書寫歷史故事與傳說，或描寫自己的小小哀傷和微微的喜悅，或關注性別、青年、鄉土、生態等問題……這些作品所呈現的世界和情緒混雜而曖昧，既是殖民地精神生活的掠影，又常常在不經意處與殖民統治意識形態宣傳相左。這些文學作品如雜草般生長在殖民地，卑微而有韌性，只要有適宜的環境便迅速生長，四處蔓延；這些文學作品猶如腐蝕劑般慢慢地消解、溶解、拆解著殖民統治，因此稱之為解殖文學（Lyo-colonial Literature）〔註1〕。

反殖文學、抗日文學和解殖文學這組概念並不是並列的三種文學類型，還有其各自的意識向度、時空維度和方法論意義。「九一八」事變之後，偽滿洲國成立之初，滿洲傀儡國的管理模式尚未建立健全之時，在五四新文化運動氛圍中成長起來的東北在地知識人或由中國共產黨引導、或由當時的國民政府暗中扶持、或自發地抵抗日本入侵東北殖民東北〔註2〕，在這個時空中形成了反殖文學。而隨著偽政府的監管完備，反殖文學難以為繼，一部分作家逃離日本殖民統治下的偽滿洲國，在關內繼續從事文學創作，形成著名的東北作家群的抗日文學；一部分作家成為一手拿槍一手拿筆的抗聯戰士，形成東北抗日文學的另一個重要組成部分——抗聯文學。從意識向度上看，從事反殖文學、抗日文學的作家，他們具有明確主觀意識——反抗日本侵略東北、殖民東北，借

〔註 1〕解殖文學，並非 Decolonization Literature，而是 Lyo-colonial Literature，Lyo 源於希臘語詞根，Lyo：luein-to loose，釋放、變鬆之意，意指消解、溶解、拆解著殖民統治的文學。

〔註 2〕「1932 年，身任哈爾濱市委書記的楊靖宇同志就曾指示黨內作家，團結文學青年，創辦報紙副刊，佔領文學陣地。」見解學詩《偽滿洲國史新編》（修訂本），人民出版社，2015 年版，第 269 頁。國民黨 1940 年在東北組建地下組織「東北通訊社」，引導東北當地青年反抗日本殖民統。

助民族主義思想和左翼文學傳統，由對階級壓迫的批判過渡到民族存亡的鬥
爭，或者把階級鬥爭和民族解放結合起來。從時空維度上來看，反殖文學僅僅
存於偽滿洲國之初的三、五年時間，隨著蕭軍、蕭紅、羅烽、白朗等流亡關內，
《大同報》「夜哨」副刊和《國際協報》「文藝」週刊被查封，反殖文學在偽滿
洲國逐漸消滅；而東北作家群和抗聯戰士的創作，他們的作品無需也沒有可能
刊載在偽滿洲國治下的出版物上，抗日文學與偽滿洲國處於空間平行狀態，可
以直抒胸臆，把反滿抗日的情懷表現得淋淋盡致。解殖文學與反殖文學、抗日
文學不同，其存在時空與殖民地偽滿洲國重疊，是偽滿洲國文學的主體樣態。
更重要的是解殖文學的創作主體意識向度模糊而雜多，我們很難從作家的主
觀意識去判斷作品的情感傾向，也不能直接從他們公開發表的言論來辨別他
們的實際想法，他們在殖民地社會中所處的社會角色，也只是作為一個參考性
指標。帶著各種面具生活，是殖民地生活的一種狀態。有時面具下面還有另一
張臉；有時各種面具疊加，很難辨別哪裏是面具，哪裏是真實；有時面具長在
臉上，無從掀開；有時深深隱藏的後面，其實無物存在。為此，解殖文學的研
究方法，可以先懸置作家層面的分析，而就文學作品進行探討。解殖文學，不
僅是一種殖民地文學類型，也是一種方法論，這種方法論，不是要回到英美新
批評的文學內部研究，而是要建立一種新的出入文本內外的通道，一種詩學和
政治學相結合的範型，以此來增加我們對殖民地文學理解的理論維面。

　　初看反殖文學、抗日文學和解殖文學這組概念，依然在合作與抵抗的思路
上打轉。的確，這些概念尤其是解殖文學概念，不是為了繞過抵抗和合作的問
題，相反，這就是我們必須承擔之事，作為曾經被殖民地區的後代研究者，面
對殖民地文學時，合作和抵抗這樣的概念圖式幾乎是與生俱來獲得的，很難找
到出口。當我們中國學者看到杜贊奇（Prasenjit Duara）解讀偽滿洲國作家山丁
的小說《綠色的谷》時，說成是「都市的、資本主義的、現代的力量以及那些
試圖對（鄉土／地方）真實資源加以保護或保留的力量」的角鬥〔註3〕，我們
除了驚奇於這位印度裔的美國學術背景的國際學者的獨特視點，對他這種脫
離合作與抵抗、脫離作品隱含的殖民地政治關聯的解讀會產生各種不滿。這其
中的原由可以理解，如果我們研究埃塞俄比亞被意大利殖民時期的文學，也會
出現讓當地人不理解的吐槽之點吧。處身殖民地之外的觀察者、研究者與身處

〔註3〕杜贊奇，地方世界：現代中國的鄉土詩學與政治〔J〕，褚建芳譯，中國人類學
　　　評論（第2輯），王銘銘主編，北京：世界圖書出版公司，2007：42。

其間的親歷者及其後代研究者，會有其不同的文本解讀視角和理論進路。這也是殖民地文學研究中應該注意之處，研究者處在不同的位置，從不同的方向加深對殖民地文學的理解，而沒有一個絕對客觀的研究出發之點。

反殖文學、抗日文學和解殖文學這組概念不是讓我們繞開合作和抵抗的維度，也不是讓我們為偽滿洲國文學做出抵抗和協作的清晰兩分，而是讓我們更充分進入殖民地歷史現場的文學細節、社會廣度和歷史深度，既不為殖民地作家當時的合作言論所迷惑，也不無條件地相信殖民地作家在殖民時代結束後的自我辯護，而是更多地以細節和深度的描述來展示殖民地文學的景觀和存在的意義；進入殖民地文學的內部，細察殖民意識形態與文學生產的複雜關係，文藝政策與文學的關係，文學以何種姿態應對殖民環境、表徵殖民經驗、介入文學傳統與吸收外來文化；看到文學遠不只僅僅針對日本殖民主義，還是形成人類文明的一種方式，包括性別、鄉土、生態、智力遊戲等內容。由此，能使我們認識到殖民地歷史現場文學創作的力量，並瞭解其在殖民地存在的意義──只要殖民地允許文學存在，解殖性就會內在於殖民社會。

第二節　解殖文學溶解殖民統治的三種方式

抵抗殖民統治的是民族主義思想，這是一個現成的答案，也是一個真理性的答案，但正因為其絕對的正確性，可能會掩蓋其他思想資源，也有可能蛻變成僵化的意識形態。民族主義博大複雜，有多重面向，通常意義上是一種力量型、憤怒型思想，尤其在面對異族入侵的時刻，殖民地的殖民政權很難讓其有存在空間，我們在談論殖民地在場文學時，因為其缺乏這樣一種力量型、憤怒型文學，就會落入指責殖民地文學是合作文學的套路，不願再細察殖民地文學的實際狀態與其內部的差異。我們提出的解殖文學，區別於早期的反殖文學和持續不斷的抗日文學，反殖文學和抗日文學借用的是民族主義資源，也配得上民族主義的思想力量。不論是早期以哈爾濱的《國際協報》《大北新報》《黑龍江民報》和「新京」的《大同報》為發表陣地的反殖文學，還是後來的東北作家群和抗聯戰士的抗日文學，都可以堪稱紀念碑式的作品，蕭軍《八月的鄉村》、端木蕻良的《大地的海》、駱賓基《邊陲線上》和舒群的短篇小說集《沒有祖國的孩子》等作品都是抗日文學的傑作。而解殖文學無力承擔這種力量，那些因為各種原因生活在偽滿洲國的作家以及在這裡慢慢成長起來的青年寫

作者們，殖民制度拿走了他們一半的力量和憤怒，殖民地作家得以另外的一種文學經驗——區別於民族主義文學的經驗與殖民制度相處。那麼解殖文學靠什麼溶解殖民統治呢？溶解的又是哪些殖民性？需要說明的是，本章只是提示分析解殖文學的方法，不是要歸納總結解殖文學的方方面面，這個工作需要殖民地文學研究同仁一起努力。

　　「九一八」事變後，滿洲傀儡國出臺，曾經劃分關內、關外的東部長城變成了所謂的「國境線」，不僅是「出入境」的「海關」，還成了一條文化封鎖線，偽滿洲國統治者為了彰顯其「獨立」「合法」的企圖，要切斷與關內的文化連帶關係。在文化上，偽滿洲國對內加強言論統制，對外封鎖關內文化情報。為此在 1932 年 10 月出臺《出版法》，「從此，日偽當局便向出版物大開殺戒，或被禁止發行，或被禁止出口，或被禁止輸入。1932 年上半年，就有 600 餘萬冊圖書被焚毀。1934 年 6 月一次即有 30 餘種報刊被禁止進口。」〔註 4〕被焚毀的圖書和禁止進口的報刊多是中華民國的書刊。1937 年出臺的《映畫法》（電影法），同樣地出現了斷絕關內影片的隱形規定。但是，偽滿洲國並無意要建成文化空白區，恰恰相反，其為了追求某種「現代國家」的效果，需要數量巨大的文化產品來裝飾。一邊在焚毀，一邊在輸入；一邊在禁止，一邊在鼓勵。只不過輸入的是日本文化產品，鼓勵的是與關內中國人文化無關聯的文化產品。暫且不說輸入的日本文化產品未必都是軍國主義的內容，如何創作出與中國文化無關聯的作品，對用漢語來寫作的作家來說，未必是件容易的事兒。寫歷史題材小說，如爵青《司馬遷》、古丁《竹林》、李季瘋《在牧場上》等，我們可以評說這是逃避現實的作品抑或影射現實的作品〔註 5〕，在我們無法還原作者們面具之下的真實時，我們可以先接受下來這樣的事實——這些都是中國故事，司馬遷、竹林七賢、蘇武是中國文化符碼，這樣的作品加深中國文化意識，我們可以在懸置作家主觀意願的情況下，看到作品在靜悄悄地消融偽滿洲國殖民者的意願——切斷與中國文化的連帶關係。歷史題材的作品可以很容易地達到這樣的效果，那麼現實題材的作品是否也可以在不經意間消解

〔註 4〕解學詩，偽滿洲國史新編（修訂本）〔M〕，北京：人民出版社，2015：268。
〔註 5〕鐵峰持有歷史小說是逃避現實的作品，參見鐵峰《淪陷時期的東北文學》（《文學評論叢刊》1985，2），日本學者岡田英樹認為歷史小說是評判現實的作品，參見《圍繞東北淪陷區文學的論爭——從文學法庭到文學研究》（立命館言語文化研究，1992，3）。近期關於此問題的爭論參見〔日〕岡田英樹《論古而及今——偽滿洲國的歷史小說再檢證》，《杭州師範大學學報》，2015，1。

這種殖民意志嗎？我們上一章分析過的吳瑛的小說《新幽靈》和《僵花》，都是描寫殖民地的現實題材作品，兩部小說都以偽滿洲國的女性生活為場景展開，《新幽靈》寫舊式鄉村婦女跟隨大學生丈夫在城市裏的「左也不是、右也不是」的生活，《僵花》寫一位志得意滿的留日歸來的知識女性回「國」找不到工作的尷尬。上一章我們側重分析其沒有彰顯偽滿洲國所謂的「王道樂土」，這裡僅從作品的幾個細節來看其與關內文化的連帶關係。《新幽靈》中的大學生丈夫在哄孩子的時候，給孩子跳舞，跳的是「明月之夜」和「葡萄仙子」。《明月之夜》和《葡萄仙子》是黎錦暉（1891～1967）在 1920 年代創作的具有民族風格的兒童歌舞劇〔註6〕，風靡中國，1930 年代的中國讀者都知道這兩出歌舞劇。張愛玲在《愛憎表》裏面有這樣的陳述：「每天黃昏我總是一個人仿照流行的《葡萄仙子》載歌載舞，沿著小徑跳過去……」〔註7〕《明月之夜》《葡萄仙子》在當時非常流行。在小說《僵花》中，吳瑛輕描淡寫地提到阿容書架上的冰心《寄小讀者》。兒童被中華民國的歌舞劇哄著，青年讀著中華民國的作品。這些細節也許是作者吳瑛的無意閒筆，也許是她有意為之。如果是閒筆，則更能顯示出偽滿洲國與關內文化之間的密切關聯；如果是有意為之，則可以說明作者是要在偽滿洲國彰顯與中華民國文化的連帶關係。無論哪一種可能，都是在延續中國文化尤其是五四以來的中國文化，溶解日本統轄下的偽滿洲國殖民者意願。吳瑛出身於滿族大家庭，是當時的知名作家，參與偽滿洲國多種文化活動，包括作為偽滿洲國作家代表參加「大東亞文學者大會」，發表了切合場合的言論，但她的個人舉止裏，從來不避諱和關內文化的連帶關係。1944 年，蕭紅和白朗在關內已被稱為著名的抗日作家，吳瑛還撰文表達自己對兩位女作家的深深的敬意，讓偽滿洲國知曉這兩位從東北走出去的女作家，同時信手拈來地提到丁玲和冰心。吳瑛稱蕭紅是「開拓滿洲女性文藝的第一人」，「以女性的犀利的觀察，來描出那現實」；稱白朗的作品「呼應著當時北滿特有的創作氛圍，有著敏銳的豐穎的新的力量」。評價蕭紅作品時，也以冰心和丁玲為座標，稱蕭紅「文藻和詩情的文體，很有點與謝冰心的筆法相似，但其所包含的意識形態的積極性，則又類似丁玲了」〔註8〕。吳瑛與大

〔註6〕黎錦暉（1891～1967），是中國近代史上一個重要的音樂家，他創作兒童歌舞劇，目的是要推行國語白話教育，同時傳承中國傳統藝術精華。兒童歌舞劇《明月之夜》借鑒了中國傳統戲曲中「行雲流水、回風流雪」的舞姿和傳統曲牌。
〔註7〕張愛玲，愛憎表〔J〕，收穫（2016 秋冬卷）：6。
〔註8〕吳瑛，滿洲女性文學的人與作品〔N〕，青年文化，1944-2（5）。

內隆雄編輯《現代滿洲女流作家短篇選集》（1940）時，收錄蕭紅和白朗的作品。

　　欲切斷東北與關內文化的連帶關係，只是偽滿洲國殖民統治的一個面向，對於如此不合法的偽現代國家，必要裝備是建構一套引人入勝的意識形態話語，同時需要各種文化資源為這套意識形態話語張目，日本殖民者和偽政權積極提倡「建國文學」和「國策文學」，欲利用文學藝術為其意識形態服務。「五族協和」「王道樂土」是偽滿洲國意識形態的核心口號，以此作為反對當時被取締的三民主義以及被日本帝國主義聲稱威脅亞洲的中國軍閥、白色帝國主義和布爾什維克主義。在偽滿洲國，直接表露三民主義和共產主義思想的作品與抗日作品的命運一樣——不可能在偽滿洲國公開發行。但這不等於公開發表的作品都是粉飾社會的無病呻吟的無聊之作，更不能等同於這些作品都是迎合或者宣傳「五族協和」「王道樂土」意識形態的口號。文學具有其自身的傳統性和自律性，寫作者一旦從事文學創作活動，就要進入一種文學傳統，並且受文學自律性的限制。即便是有意宣傳意識形態的作品，也會有溢出意識形態的內容。這些內容，有的與意識形態無關，有的走向意識形態相反的方面，甚至有時不受作者主觀意願的控制。在 1930 年代和 1940年代，最重要的文學樣式是現實主義和現代主義。如果介入現實主義文學傳統，會以寫實的方式來表現當下生活，如實呈現的文學作品自然會暴露出偽滿洲國之「暗」；如果介入現代主義文學傳統，會從心理感受出發展示被壓抑和扭曲的人性，內容荒誕，主題絕望。這些都與偽滿洲國所宣稱的昂揚的「新國家」相左。在偽滿洲國，解殖文學不僅僅歸屬於漢語文學，也包括殖民者日本人的「日系」文學以及朝鮮人的「鮮系」文學、俄羅斯人的「俄系」文學。這些來自不同國族的寫作者，當他們從事文學創作時，介入某種文學樣式，有時為追求真實，有時為達到某種敘事效果，時而暴露，時而變形，在殖民地現場記下了殖民地情感、景觀、日常生活，這些文學作品呈現出偽滿洲國官方宣傳與殖民地生存現狀的強烈反差。「日系」作家牛島春子的小說《祝廉天》（又譯《姓祝的男人》）〔註9〕，講述了「滿人」翻譯官祝廉天與其日本人上司的「友好合作」，而其現實主義手法透露出偽滿洲國日本官吏的生存狀態，這些來「滿洲」的日本官員，因為語言問題無法與當地人溝通，

〔註9〕牛島春子，祝廉天〔J〕，新滿洲，1941-3（6），收入偽滿洲國日本作家作品集〔M〕，〔日〕大久保明男等編，哈爾濱：北方文藝出版社，2017。

在偽滿洲國他們好似「聾人」「啞人」一般，這樣的一個日本官吏要管理 30
萬縣民，其空虛和危險可想而知，「勉強施行建立在三十萬縣民之上的政
治，……一想起來就後背直冒冷汗。」〔註10〕相比較，沒有來過大陸的日本
人，在殖民地偽滿洲國生活的日本人，有著更清醒的認識，「滿洲國」毫無根
基，「五族協和」只是一套說詞，這樣的清醒認識會在不經意間流露在他們的
文學作品中。今村榮治（1911～不詳）的小說《同行者》〔註11〕，從小說題
名上看，是迎合「五族協和」觀念，但其實「隔膜」和「絕望」更似作品基
調。《同行者》介入現代主義文學傳統，心理意識是其主要內容，一心成為日
本人的朝鮮知識人申重欽，日語說得與日本人一樣好，但是日本人並不把他
看作同類，而是認為他可能是危險的「不逞鮮人」，被壓抑被扭曲處於絕望中
的申重欽，「用拳頭橫擦著湧出的淚水，使勁握緊手槍，瞪著那八個不斷靠近
的男人。」〔註12〕接著作品用「喜鵲在楊柳樹的枝頭鳴叫著」一句結束小說，
現代主義小說開創了這種「開放式結尾」的寫作手法，申重欽最後選擇的是
什麼？是把槍口對準了自己，還是對準了朝鮮抗日同胞？現代主義小說可以
不給讀者一個確定的回答。而且小說一開頭就這樣宣告：「（讀者）會出現『實
在搞不明白』這樣的抱怨，但不管怎麼說既然主人公本人這樣深信不疑，那
麼對他本人來說就應該確實是走投無路，而身為作者的我，從立場上來說也
無法對此妄加詮釋。」〔註13〕這樣的寫作手法、這樣的作者宣言、這樣的意
義開放，是現代主義小說的贈與。

　　文學作為一種人類活動，並不是一門純粹的封閉的藝術活動，文學與各種
人類活動相切，越到近現代，文學與政治結合得越緊密，以至於近現代文學的

〔註10〕 牛島春子，祝廉天〔M〕，偽滿洲國日本作家作品集，〔日〕大久保明男等編，
　　　　哈爾濱：北方文藝出版社，2017：57。
〔註11〕 今村榮治同行者〔N〕，滿洲行政 1938-5（6），收入偽滿洲國日本作家作品集
　　　　〔M〕，〔日〕大久保明男等編，哈爾濱：北方文藝出版社，2017。
　　　　今村榮治，朝鮮人，原名張喚基，迎合日本在朝鮮半島的「創氏改名」政策改
　　　　為日本姓名。戰後日本研究者把他歸入「日系」作家，例如日本學者大久保明
　　　　男等編《偽滿洲國日本作家作品集》時，收入了今村榮治的作品。而韓國研究
　　　　者把他歸入與殖民主義合作的「親日作家」，例如韓國學者金在湧的著作《韓
　　　　國近代文學與偽滿洲國》（哈爾濱：北方文藝出版社，2017 年）如此闡論。
〔註12〕 今村榮治，同行者〔M〕，偽滿洲國日本作家作品集，〔日〕大久保明男等編，
　　　　哈爾濱：北方文藝出版社，2017：40。
〔註13〕 今村榮治，同行者〔M〕，偽滿洲國日本作家作品集，〔日〕大久保明男等編，
　　　　哈爾濱：北方文藝出版社，2017：51。

研究者在面對近現代文學時，無法剔除政治的維度。但是我們也知道，文學不是政治活動的一個分支，文學整體上增進人類文明。除了政治，文學還關心其他人類活動，比如性別、鄉土、生態、智力遊戲等等。當然如果你持泛政治化觀念，你也可以把性別、鄉土、生態、智力遊戲納入政治範疇，即便如此，我們也是知道性別、鄉土、生態、智力遊戲等有別於民族、國家、政黨等。政治的意識形態不是生活的全部，生活在偽滿洲國的作家還關注其他人類生活。梅娘和吳瑛的作品關心性別意識和女性生存現狀。用俄語寫作的拜闊夫，關心東北原始密林中的各種動植物的生態問題，他的小說被稱為博物小說。《大王》是給拜闊夫帶來世界聲譽的一部博物小說〔註14〕，被翻譯成 20 多國語言，風靡亞洲、歐洲和美洲。小說描寫了北滿原始密林大禿頂子山上「大王」（虎）的「生活」，歡樂的幼年期，遊歷的青年期，戀愛的成年期，最後成為原始林的統治者，領導野豬、喜鵲、山鷹等動物與原始林的破壞者——人類鬥爭，最後被殺害。這不是《動物莊園》式的政治隱喻小說，作家拜闊夫在東北密林生活多年，他熟悉、熱愛東北原始林，不希望人類再破壞世界所剩不多的原始林的生態和諧，希望「自然的歸自然、人類的歸人類」。蕭紅的作品《麥場》〔註15〕，呈現一種萬物渾然一體的鄉村自然生活，人、植物、動物、土地價值均等，誰也不是誰的「主子」，失去動物的哀傷和失去孩子的哀傷是同一種哀傷，「母親一向是這樣，很愛護女兒，可是當女兒敗壞了菜棵，母親便去愛護菜棵了。農家無論是菜棵，或是一株茅草也要超過人的價值。」蕭紅用她「越軌的筆致」在民族國家敘事語法和修辭之外尋求到鄉土的表達方式及表達空間。人類智力遊戲的偵探小說也是偽滿洲國的一種流行文體，鑒於偽滿洲國的特殊創作環境，偵探推理小說家有意無意地洗去倫理因素，關注智力遊戲本身。李冉的偵探小說《車廂慘案》〔註16〕，敘述重點不在為何犯罪，而在偵探對盜賊留下的蛛絲馬蹟及案發現場的勘察和分析上，勘察獨特、分析合理，但不在案件的肯綮之處。盜賊不斷地給偵探設計圈套，偵探總是被盜賊牽著

〔註14〕拜闊夫，大王〔M〕，初刊哈爾濱，1936，1940 年被翻譯成日文出版。後收入李延齡主編。中國俄羅斯僑民文學叢書·興安嶺奏鳴曲〔M〕，哈爾濱：北方文藝出版社，2002。

〔註15〕蕭紅的《麥場》，初刊載於《國際協報》「國際公園」專欄，1934 年 4 月 20 日至 5 月 17 日。後來《麥場》作為小說《生死場》一部分，成為其中的第一章《麥場》和第二章《菜圃》。蕭紅的小說形式特別，《麥場》可以獨立成篇，作為偽滿洲國文學的一種文類；也可以視作小說《生死場》的一部分進行解讀。

〔註16〕李冉，車廂慘案〔J〕，麒麟 1942-2（6）。

走，幾個來回還沒有摸清案情，開始認為是盜竊案，後來方知是兇殺案。偵探小說的趣味性很大一部分來自於智力遊戲，兩個高智商的人相鬥才有看頭。滿洲傀儡國的這些類作品，既不與各種各樣的政治意識形態接壤，也不對抗或反對當權者的某種觀念，他們在殖民敘事、反殖民敘事和民族國家敘事之外抑或縫隙之間，找到了現代文學的其他敘事類型及修辭語法，或關切自身問題——女性身份，或關切人類未來問題——生態，或關切文學的語法和修辭問題，或者致力於人類純粹的智力遊戲，「政治冷漠」是這類作品的表情。正是這些在偽滿洲國審查官看來沒有「營養」也沒有「危害」的作品，允許其創作刊行，這既讓寫作者有了政治之外的人類生活關切和探索的可能，而沒有進入色情和黑幕的套路，同時給生活在偽滿洲國的讀者開闢了雜多的閱讀資源。這類作品帶有長久的韌性，穿越時空，匯入文學傳統之中，給現今的文學以滋養。這類文學作品在一個寬泛的意義上，屬於解殖文學一系，因為這樣的文學存在，這樣的一群以文學作為生活方式的人們，在偽滿洲國，如暗夜螢火，給文學者自己一絲光亮，也帶給閱讀者點點亮光，讓他們的靈魂得以喘息，感到自己與人類文明連在一起。

在偽滿洲國，中國文化特別是五四以來的文化無斷裂地持續存在，殖民統治的文化壁壘難以樹立，偽國意識形態形同虛設，人類精神生活中的智性追求沒有被截斷。偽滿洲國允許文學存在，欲利用文學者，文學卻走向了消解利用者。從殖民地文學中，我們也可以看到文學的一種古老秉性——文學與現實關係的不確定性，文學從不保證你放進去的觀念會如你所願地呈現出來，文學一直守護這種不確定性。

第三節　解殖文學：重思文學和現實的關係

如此描述解殖文學，並不是為殖民地文學解除「殖民性指責」的警報，在我們思考和分析解殖文學時，不是單單考慮其一面——消解、溶解殖民統治，還要注意到其與殖民性相纏繞的一面，絕不是只要解殖性一方存在就可以驅逐出殖民性那一面如此簡單，殖民性也滲透在殖民地文學中，與解殖性黏連在一起，不是可以輕易打發掉的。解殖性與殖民性以各種方式結合在一起，在剖析一部作品時，要指出哪些地方具有如此這般的解殖性或殖民性，他們以怎樣的比重、何種方式共處在作品中，不僅如此還要避免僅以解殖和殖民兩個維度

分析作品，還要關注殖民地文學作品中有多少種不同成分相互交織著，即關注殖民地文學的特殊性、獨特性。

　　殖民地文學會有殖民者的意識形態宣傳，而且殖民者有意要把這些宣傳偽飾成文明、進步、流行文化等等，但是殖民地現場生活的人一旦從事文學創作，就要進入某種文學傳統，進入某種文學與現實的通道，還會依就某種文學傳統開闢新的文學和現實的通道、文學修辭、文學形式，讓自己的周遭世界以多種多樣的方式進入文學作品，甚至是以一種作者沒有覺察到的方式進入作品，這就可能掀開殖民地生活的真相，殖民地的人、物、事件等實際訊息就會得以透露。在殖民地，禁止文學指涉真實生活，鼓勵文學美化現實，也允許文學遠離實際生活。如果作者不想做一個唯命是從的寫作者（其實文學自身也難以讓唯命是從的寫作者存在），他們就得探索另外的文學與現實關聯的表達。這不僅僅是寫作者的事情，還包括當時的讀者如何看待、如何閱讀當時的文學作品；當然也可能是如此這般的作品培育一種特殊的殖民地文學的閱讀方式。關心自己及理解周遭世界是人類的秉性之一，生活在殖民地的人們願意就著文學領會現實生活、理解自身。偽滿洲國作家爵青的史材小說《長安城的憂鬱》〔註17〕，杜撰了發生在五胡來華的長安城的愛情悲劇，貌似與現實沒有指涉，但是當時的讀者會不會聯想到「五胡來華」的繁榮長安和「五族協和」「王道樂土」的關聯？如果這樣，下面的愛情悲劇和詭異故事就會有不同的解讀——「五族協和」又如何？「繁榮」又如何？我的生活如此不真實，憂鬱而荒誕。爵青的實驗文本《司馬遷》只有 400 字，敘寫司馬遷撰述《史記》時的某一狀態，從「停下始皇本紀的筆，離開案頭」到「走回案前，又握起了始皇本紀的筆」的心理過程。司馬遷不是想通了撰寫《史記》的理由，而是直面現實：「沒有陽根，說出話來聲音像宮女，這莫可奈何的羞恥和悲痛，自己縱即寫下去，果真能消滅這羞恥和悲痛嗎？」，但是「遷如不寫，遷該是什麼呢」？〔註18〕明明是漢代司馬遷的心理活動，與偽滿洲國的現實有何關聯？正因為與現實太沒關聯了，卻常常讓人心生疑惑，疑惑這作品時時在指涉現實，這會不會是作家爵青自己的心理情狀的隱蔽流露——

〔註17〕爵青，長安城的憂鬱〔J〕，麒麟 1942-2（8），後改名為《長安幻譚》，位於卷首的李白的詩「今人不見古時月，今月曾經照古人」被刪除，收入爵青短篇小說集《歸鄉》，長春：藝文書房，1943，後被收入葉形選編《爵青代表作》，北京：華夏出版社，1998。

〔註18〕爵青，司馬遷〔J〕，麒麟 1943-3（8）。

—偽滿洲國切斷了自己和中華民族血脈的聯繫，每天說著日語，背負這種莫可奈何的羞辱和悲痛，自己縱使成為大作家又如何？但是不寫，又該是什麼呢？這樣看待文學，並非筆者的主觀想像，偽滿洲國的文化檢查官就是這樣看待文學的。刊於《青年文化》雜誌的吳瑛的小說《鳴》〔註 19〕，用獨白的形式描寫一位孕婦對薄情寡義丈夫的控訴。偽滿洲國的文化檢查官吏如此解讀這部作品：

原文：「你是一條狗。你奪取和佔有了我的一切。你還凌辱了我的肉體。你想用你的慢性殺人手段制服我和剝奪我。我什麼都沒有。我只剩一條生命。我以這條生命與你抗爭。」

分析：暗示了滿系民眾被日本剝奪。

原文：「你想想，你不是對我的一部分小家族的財產也在窺視嗎？你再想想，你為滿足過分的貪婪是何等的殘酷。你是想要消滅我的家族的。」

「有一天，你一旦同我的父親鬧了矛盾，你就會立刻斷絕我同父親的關係。你禁止我同父親會面，禁止通信。把我同我的血族切斷。這是什麼世道啊！」

分析：丈夫指日本，妻子指滿洲，父親暗指中國。文章是說，無比貪婪的日本佔領了滿洲，進而侵略中國，企圖滅亡中華民族。

〔註 20〕

解殖文學讓文學與現實關係高度複雜化，重思、重建文學和現實通道，更重要的是帶來一種特殊的看待文學的方式，讓文學在整體上和現實發生聯繫，似乎殖民地文學整體上具有了寓言和象徵色彩，原本平平常常的憂鬱情感的抒寫，讓讀者和檢查者都認為這是指涉偽滿洲國的黑暗現實。

古丁在《魯迅著作題解》一書的《譯後贅記》中寫道：「我們的文學和文學者只有兩個字：無聲。在《無聲》裏偏要私語，這苦痛是可想而知的，但是好，因為究竟是能『私語』，倘連『私語』都不許的時候，那該怎樣呢？」〔註 21〕在殖民地，只要允許文學存在，無論制定多麼嚴格的文學政策，有多麼嚴酷的文化檢查制度，只要允許「私語」，走向消解殖民統治，是早晚之事。

〔註 19〕吳瑛，鳴〔J〕，青年文化，1943-1（3）。
〔註 20〕於雷譯，敵偽秘件〔J〕，東北文學研究史料，1987（6）：158～157。
〔註 21〕李春燕編，古丁作品選〔M〕，瀋陽：春風文藝出版社，1995：563。

　　15 世紀開始的近代殖民冒險、殖民侵略、殖民戰爭，到了第一次世界大戰的 20 世紀初，殖民國家及殖民地已占全世界 85%的陸地面積，在歐洲人的眼中，世界是由宗主國和殖民地構成的，文學有宗主國文學和殖民地文學。宗主國的文學對自己所持有的帝國主義意識、殖民主義觀念渾然不覺，以為自己在為藝術而藝術，或者是在傳播人道主義，在薩義德的《文化與帝國主義》解剖刀下，我們看到西方文化與帝國主義之間的密切關聯，簡·奧斯丁、狄更斯、吉卜林等這些偉大作家的作品中的帝國主義意識和殖民主義觀念。而在殖民地生活的作家以及在殖民地長期居住過的作家，他們的作品中卻常常透露出解殖的氣息。薩義德對康拉德「《黑暗的心》的兩個視角」的精彩分析〔註22〕，同樣讓我們看到在殖民地生活的作家，如何建立新的文學形式、語言範式，構築文本和現實的新通道，讓殖民制度的虛偽和殖民制度裏挾的兩邊的人們——殖民地土著和殖民者——悲慘生活得以被感知。

〔註22〕愛德華·W·薩義德，文化與帝國主義〔M〕，李琨譯，北京：三聯書店，2003：23。